世界少年经典文学丛书

飞行员历险记

[法]埃克苏佩里 著

段满福 编译

中国出版集团 ☀现代出版社

图书在版编目（CIP）数据

飞行员历险记／（法）埃克苏佩里（Exupery,S.）著；段满福编译.
—北京：现代出版社，2013.2

ISBN 978－7－5143－1296－6

Ⅰ．①飞…　Ⅱ．①埃…　②段…　Ⅲ．①长篇小说－法国－现代
－缩写　Ⅳ．①I565.65

中国版本图书馆 CIP 数据核字（2013）第 021755 号

作　　者	埃克苏佩里
责任编辑	刘　刚
出版发行	现代出版社
通讯地址	北京市安定门外安华里 504 号
邮政编码	100011
电　　话	010－64267325　64245264（传真）
网　　址	www.xdcbs.com
电子邮箱	xiandai@cnpitc.com.cn
印　　刷	三河市嵩川印刷有限公司
开　　本	700mm×1000mm　1/16
印　　张	9
版　　次	2013 年 2 月第 1 版　2021 年 8 月第 3 次印刷
书　　号	ISBN 978－7－5143－1296－6
定　　价	29.80 元

序　言

孩子是未来的希望，是父母心中的天使，是充满快乐的精灵。小学阶段更是孩子最快乐的时光，是孩子成长发育的黄金阶段。为了让孩子学习更多的课外知识，享受更加丰富的学习乐趣，我们策划了本丛书！

从小让孩子多读课外书，对培养孩子健康的心态和正确的人生观无疑将起着非常重要的作用。自《语文课程标准》公布以来，不少富有敬业精神、有才干的教师，在他们的教学中，担当起阅读教育的重担。他们在严谨的选材中，利用丰富的文学资源，向学生推荐了大量优秀的课外读物，实施了以"练成阅读和作文的熟练技能"为重要内容的阅读教育。大千世界充满了丰富的知识。阅读能丰富小学生的语文知识，增强阅读能力，提高写作水平，开阔视野，增长智慧。阅读本丛书，能够使孩子享受到阅读的快乐，激发起更浓厚的阅读兴趣，孩子的生活将充满新的活力与幸福！本丛书精选了世界名著和中国经典书目中流传最广、影响最大、最脍炙人口的作品，是培养小学生理解能力、记忆能力、创造能力的最佳课外读物。

最后需要指出的是，本丛书把世界上流传甚广的经典童话、寓言等也尽收其中，并将这些文学作品重新编写审订，使作品在不影响原著的基础上更适合少年儿童阅读，在丰富他们课余生活的同时提高语言和文字表达能力。本丛书通过科学简明的体例、丰富精美的图片等有机结合，使小读者不仅能直观地领略作品的精髓，而且还能获得更为广阔的文化视野和愉快体验。希望本丛书能成为孩子生活的一缕阳光照亮孩子前进的道路，能成为一丝雨露滋润孩子纯净的心灵。

编　者

目　录

一

　　这似乎是我做的一个梦。那时 15 岁，我在上中学，当时我正专心地做几何题。我的手肘支撑着黑色的课桌，在专心致志地使用着圆规、尺子和量角器。我很用功学习，很少讲话。周围有同学在窃窃私语，有一位同学在黑板上写出些数字，还有一些不太喜欢学习的同学在打桥牌。我和他们的距离很远，所以时常沉浸在幻想中。我把目光投向窗外，久久地凝视着一根在阳光中摇曳的树枝。我是一个容易走神的学生……我享受着灿烂的阳光带来的快乐，就像对这课桌、粉笔和黑板散发出来的童稚气息恋恋不舍一样。我陶醉于童年，可以被人保护得如此严密！我知道，一个人首先要度过童年，再就读中学，结识一些同学，然后面临考试，接着获得某种文凭证书，最后忐忑不安地走出那个大门，离开那儿，我一下子就变成了一个男子汉。此刻，我的步伐变得更加稳重。我们踏上了人生的道路，首先在这条道路上迈出最初几步，然后运用手中的武器战胜真正的敌人。用尺子、三角板和圆规去建造世界，去战胜敌人。儿童时代的游戏不会再有了！

　　我知道，中学生一般在生活面前毫不畏惧，他们迫切地希望步入生活。成年人生活中的磨难、艰险和痛苦都不会将他们吓倒。

　　但我不是个普通的中学生。我懂得享受生活，因此，并不着急去面对人生的挑战……

　　杜台耳特从我身边走过，我叫住了他。

"坐在这儿吧，我用扑克牌为你算算命……"

然后，我兴奋地给他找到了一张黑桃 A。

杜台耳特坐在我对面那张黑色的办公桌上，两条腿下垂着，他笑了，我也谦虚地微笑。佩涅恪来到我们身旁，将他的手搭在我的肩上：

"怎样了，老同学？"

"老天啊，这真是幸福！"

一位学监（是真的学监吗？）将我们的门推开，喊走了两名同学。他们放下手中的尺子和圆规，站起来，走了出去。我看着他们离开，他们的中学生活就这样结束了，从此他们开始真正投入到生活，他们将运用自己所学的知识去报效国家了。他们就要像大人一样，在对手身上试用一下自己在学校所学的本领。这个学校真是与众不同，同学们一个接一个地离去，竟没有盛大的毕业仪式。那两个同学离开时，头都没回一下。命运很可能将他们送到比中国还远的地方去，甚至还要更远的地方！中学时代结束了，生活让同学们各在一方，我们还有再相聚的那一天吗？

我们都低着头，依然苟活在温暖而宁静的保温箱里……

"听好了，杜台耳特，今晚……"

这时，那扇门又一次被打开，我仿佛听到了法官的宣判声：

"圣埃克苏佩里上尉，杜台耳特中尉，去指挥部。"

学生时代结束了，这就是生活。

"你啊，你早就该知道要轮到我们了？"

"佩涅恪已在今早上飞过了。"

指挥部召见我们，很可能是让我们出去执行任务。这时正是五月底，恰好赶上大失败、大撤退、国难当头。一个又一个机组牺牲了，就像用一杯杯的水去浇灭森林大火，杯水车薪。大难临头，哪还顾得上考虑冒险有什么价值？整个法兰西只剩下我们 50 个侦察机组，每个机组由 3 个人组成，我们第 33 飞行大队 2 中队包含 23 个机组。短短 3 个星期，我们这 23

个机组就损失了 17 个。我们就像即将燃尽的蜡烛。昨天，我对迦佛耳中尉说：

"等战争结束后再说这事吧。"

迦佛耳中尉却回答我说：

"我的上尉，您还期待活到战争结束？"

我们很清楚，迦佛耳并不是在开玩笑。除了把我们推向火坑，再也没有其他办法，可是，这么做并没有很大意义。全法兰西只有五十个侦查机组，却须担负法国军队的全部战斗任务！漫无边际的森林燃起熊熊大火，想用几杯水去救火，这几杯水无疑会无计于事。

他们部署的行动都是正确的，谁敢怨天尤人呢？在我们这儿，除了"是，长官"、"好的，长官"、"多谢，长官"、"没问题，长官"，就从没听过别的回答了。可是，在这场战争将要结束时，我们却产生了一种荒诞不经的感受。这可以压倒一切，这一切都在动摇，一切面临崩塌，完全彻底的崩塌，乃至死亡。死亡本身都显得荒唐，在这兵荒马乱的年月，死亡已经缺乏严肃性……

我们来到阿利耶斯指挥官那儿。（不久前他还在突尼斯，指挥第 33 飞行大队 2 中队。）

"你好，圣埃克苏佩里。你好，杜台耳特。请坐。"

我们坐下了。指挥官把一张地图铺在桌子上后，回过头对传令兵说：

"帮我把气象员找来。"

然后，他用铅笔轻轻地敲着桌子。我仔细地观察着他，他面容消瘦，看起来很疲倦。他一夜未曾合上睡眼，一直坐着车子来回穿梭，寻找鬼魂般的各级参谋部……他和军需官发生了争执，因为他们拒绝供应飞机零件。路上由于堵车乱成一团，他被卡住了，动弹不得。他还组织了最近一次的搬出搬进活动。我们离开了原来基地，就像穷人被冷酷无情的执法人员紧追不舍地更换场地。阿利耶斯在这次负责救出飞机、卡车和那十吨物资，但我们看得出他已经筋疲力尽，十分不耐烦了。

"就是这样的情况……"

他瞧也不瞧我们一眼，一直用铅笔敲打着桌子。

"真啰嗦……"说着，他耸了耸肩，"这是个愚蠢的任务，但参谋部的人要求这么做。我竭力和他们争论，他们坚持要这么干，……事情就是这样的。"

我和杜台耳特望了望窗外，看到那片平静的天空。我听到母鸡的叫唤声，咯哒咯哒，叫个不停。指挥官的办公室设置在一个农场中，就像情报室设在学校一样诡异。我不希望把夏天将要成熟的果实、正在成长的小鸡还有刚抽穗的麦苗，跟距离我们很近的死亡相比较。我并不认为死亡和宁静的夏季有什么不协调的地方，也不觉得温馨的事物就是对残酷现实的嘲讽。可是，心中却依然产生了一种模糊的思想："这是个有问题的夏天，一个出了乱子的夏天……"我看到被丢到沟渠的脱粒机和割捆机、出了故障的车辆，还有被抛弃的村庄。在一座人走家空的村子里，一个似喷泉的饮用水龙头在慢慢流淌着。这曾经纯净的水正在变成泥沼，它曾耗费了水工们那么多的心血。忽然发现一个荒唐的景象：一个个钟都停止了，所有的钟都不走了。乡村教堂里的钟、火车站的钟、空荡荡的房子里壁炉上的钟，在店铺的橱窗中，悬挂着的是挂钟残骸。钟表匠已经逃跑了，战争爆发了……人们不再给挂钟上发条，不再收地里的甜菜，不再维修车厢。而曾经被人们积聚起来饮用的泉水，或供村姑们洗涤假日穿镶着漂亮花边的衣裙的泉水，现在却流失在教堂前，形成了泥潭。人们在夏天死去……

就像是我听到医生做出诊断一样在得了一种疾病之后，那位医生对我说："这事儿挺麻烦……"所以，还得想到请公证人，想到死后的一些事情。实质上，我和杜台耳特心里都明白，这是不得不牺牲的任务。

"事已至此，"最后，指挥官说，"我们'不能过多'地考虑任务是否是冒险……"

当然是这样，我们"不能过多"考虑了。而且，没有人有错。我们觉得很苦恼，因为这不是我们的错；成天唠叨的指挥官也感到不自在，因为这也不是他的错；参谋部下达的命令，也不是他们的错。指挥官认为这些命令实在荒唐，他不愿意执行。

对于这一点，我们心里也很清楚，参谋部对此更明白，他们不得不下达命令。因为，战争进行过程中，下达命令是任何参谋部都需要的。下达命令之后，他们就交给潇洒的骑兵，或者现代化的摩托兵去传达。潇洒的骑兵们一个个从冒着热气的坐骑上跃身而下，来到混乱糟糕和绝望无助的地方。他们就像占星士一样，预示着未来的命运。他们带来了真理，而参谋部那些命令则在营造一个新世界。

这就是战争的略图，涂上色彩的战争图片。为了让战争更像样一些，大家都得努力地干着。所有的人都必须诚心诚意、各尽其力地玩好那些规则。这样，战争或许就会更像一场战争了。

为了使这场战争更像一场战争，我们才毫无价值地牺牲那些机组。但谁会承认这场战争毫无意义呢？没有一张适合它的图解，就像拉线木偶，大家用力地扯着那些线，而那些线和木偶并没连接在一起。每个参谋部都信心十足地下达那些无论如何都无法完成的命令。他们要求我们提供一些压根就收集不到的情报。向参谋部解释这场战争根本不是航空兵应承担的责任，空军可以通过侦察，去核实那些假设是否成立。但是，现在连假设都不复存在了。事实上，他们是让五十来个机组勾勒出一副战争的面孔，可是，这根本谈不上是战争。他们向我们提问，就像在寻找一群用纸牌算命的人。

我看着杜台耳特，他是一个我用纸牌算过命的观察员。昨天，他曾向师里的一位上校发表不同意见："在离地十米的高度，以每小时530公里的速度飞行，我如何能看清那些阵地的位置？"

"哦，什么地方有人向您开火您总归能看清楚吧！有人向您开火的地方就是德国佬的阵地。".

最后，杜台耳特说："我觉得很搞笑，对于这样的争论。"

这是因为，法国的士兵从未见过法国的飞机。法国拥有1000架飞机，分散在从敦刻尔克到阿尔萨斯的各个地方，说得更确切些，在广阔的空中力量它们被分散减弱了。因此，当前线有飞机像旋风一样飞过时，那必定是德军的。在它扔炸弹之前必须把它尽力打下来。只要听到飞机轰鸣，就会引起机枪和火炮的快速射击。

"以这样的方式来获取情报，真是难能可贵啊！"杜台耳特又说。

他们想到情报，因为在战争的图解中，他们必须重视情报！

是的，不过战争也会出现问题。

幸运的是——我们明白——他们没有想到我们的情报。我们无法将情报传送过去，道路堵塞，打不通电话，参谋部已紧急转移。有关敌军阵地的重要情报是从敌人那儿得知的。几天之前，我们在拉昂附近研讨阵地可能出现的位置，并派了一名通讯中尉去指挥部。从我们的基地去指挥部的路上，中尉的车撞上了挡在路中间的压路机，在压路机的后面还隐藏着两辆装甲车。中尉急忙掉头，可是一梭子机枪子弹立即把他打死了，司机也受了伤。这是德军的装甲车。其实，参谋部就像隔壁房间里的桥牌手，你问他："该怎么打我这张黑桃皇后？"被隔离开的牌手只会耸耸肩，他一点儿也看不到隔壁的牌局情况，这让他怎样回答？参谋部却没有耸肩的权利。假如它还指挥着一些小部队，那它就会令它们行动起来，以便掌握住它们，只要战争还在继续，就必须试试运气。即便这样做毫无意义，也照样采取行动，且要求部下也行动起来。

然而，随便给黑桃皇后派个角色却不是件容易的事儿。我们已觉察，起初还感到非常吃惊，后来就觉得这已经是顺理成章的事了，我们原本是可以预料到的，在这之后，大山一旦崩塌，就没什么事可做了。我们认为，战败者在遇到许多问题之后，会竭尽全力来解决这些难题，包括运用他们的步兵、炮兵、坦克和飞机……乃至绳索。可是，当初的失败掩饰了这些问题。这游戏他都不知道如何玩了。他不知道那些飞机、坦克以及黑桃皇后……能用来干什么。

冥思苦想后他将这张牌随手扔在办公桌上，以期让它产生有益的作用。主要的感受还是苦闷，而不是狂热，唯有胜利才能使他们沉浸狂热之中。胜利后能更好地组织和安排工作，胜利为他们的事业大厦奠定了基础。所有人都不辞劳苦，气喘吁吁地搬来石头。

可是，失败让人们心烦意乱，陷入混乱之中，尤其是令人陷入到无所作为的失望中。所以，要求我们完成的使命不具有任何意义，一天天变得无价值，日益残酷却更没有价值。向我们发号施令的人无法来阻止山体滑坡，只好将他们手中的最后几张王牌打出去。

我和杜台耳特，就是他们扔出的这几张王牌，现在正在听取指挥官的命令。他给我们布置了下午的任务，派我们出去，在万米的高空转一大圈之后，再返回到七百米的高度上，接着飞行穿越阿拉斯地区的坦克仓库，他用这样的口气就好像对我们说：

"到达那儿，你们沿着右边第二条马路向前走，一直走到第一广场，看到在广场旁边的那个烟草专卖店，你们帮我买一些火柴……"

"是，长官。"

这项任务或许也就是那么点意义，他宣告这个任务时，使用的语气并不比平常多一点或少一点热情。

我心中暗想："这是任务，一个需要付出生命的任务。"我想到……我想到很多事情。我如果还能活着的话，就将等待夜晚降临，那时再好好地想一想。可是，能活着回来吗……如果是一项容易执行的任务，将有三分之一的存活概率。假如这项任务有点难办，很明显，要活着回来就困难多了。但是在这儿，在司令部里，死亡显得既不庄重伟大，也不悲壮惨烈。它不过是动乱中的一个符号，动乱的一个结果而已。飞行大队没有我们，就像混乱时在铁路衔接处丢失了行李那样。

我不是不想战争、死亡、牺牲和法国，还有其他的事，只是我缺少指导概念，缺少清楚的语言。我内心极其矛盾，我要的真理是支离破碎的，不得不一段段地分离开加以考虑。假如我还能活着回来，我将等待夜晚的降临再认真地考虑他们。可爱的夜！夜晚，理性沉睡了，清醒的只有感性的事物了。重要的事物真正恢复原貌了，从白天毁灭性的分析中残存下来。人们重新将这些碎片拼凑起来，再次成为一棵安静的大树。

夫妻可以在白天吵架，可是，吵过架之后的晚上又恩恩爱爱，因为夜晚能发现爱神。此时，男人的手肘支在窗台上，保护着已经熟睡的孩子们，在那儿休息的娇妻，那么柔弱，好景不长，妻子又要重新担负起责任。爱是无需探讨的东西，它一直存在着。黑夜，快快降临，好让我看到摆在我面前的值得爱的东西，好让我思索我们国家的文明，让我想到人类的文明和友情的滋味！以便让我期盼为某种高于一切的真理而努力，尽管这种真理还没有发现……

如今的我就像一个落魄的基督徒，被圣宠抛弃。我将和杜台耳特老老实实地演好自己的角色，这是毫无疑问的，可是，那也只是在挽救早已没有内容的仪式而已。上帝已不再帮助我们了。我还能活着回来的话，我将等候夜晚的降临，我将去林间大道上走走，在那儿彻底想明白，我牺牲价值。

一

我从梦幻中醒来，指挥官忽然向我提出了一条奇怪的建议：

"这一命令如果让你感到窝心……你如果感到身体不适，我可以……"

"看你说的，长官！"

指挥官知道自己的提议很荒唐，但是机组人员每次都是一去不复返，想到他们出发时那阴沉、郁闷和严肃的神情，他就将此视为不祥之兆，他会在自责当时忽略这一点。

我不禁想起了犹太人伊思剌俄耳，因指挥官的顾虑而心生忧虑。前天，我站在情报室的窗户前吸烟，透过窗户看见他急匆匆地走过来。他有一个犹太人式的正宗大红鼻子，我对他关注起来。

我们俩有着很深的友谊。他是飞行大队中最英勇、最谦逊的飞行员。我们时常讲到犹太人办事谨慎。也许他的英勇就是来自慎重，因为慎重，他才成为胜利者。

我注意到他的大红鼻子，它只是闪烁了一下，就消失了……匆忙的步履带走了他及其大红鼻子。我无意间回头，并不是开玩笑地问迦佛耳：

"他为何有这么一个大红鼻子？"

"这是遗传呀。"迦佛耳回答说。他又说了一句，"他即将执行一个神秘的低空飞行任务，现已经出发了。"

"噢！"

那天晚上，我们没有看到他回来，我很自然地想到了他的鼻子。那样的鼻子长在一张没有表情的脸上，确实有的，与众不同，显现出他内心的很多顾虑。

如果命令他去执行任务的人是我，他的那个鼻子就会久久萦绕在我心头，令我痛苦、羞愧和自责。接到让他出发的命令之后，他二话没说，只是回应道："是，长官。""是，长官。没问题，长官。"他面部的肌肉都没有颤动一下，不过，那颗鼻子却没服从他的意愿，不禁地闪烁着亮光。他可以控制面部表情，却无法控制鼻子的颜色。鼻子悄悄地使用了职权，暴露出他潜藏在内心的秘密。鼻子情不自禁地向指挥官表现出了他的主人对这个命令的强烈反对。

出于这个原因，指挥官无论如何也不愿让在他看来被预感所迷惑的下属去执行任务。预感几乎是不准的，可是，在战争期间，上司的命令一般都是对执行官兵的判决书。可阿利耶斯是军官，而不是法官。

军士 T 的情形也是这样。

伊思剌俄耳不怕任何东西，T 君却胆小如鼠。他是我相识的人中唯一的一个胆小鬼。接到长官下达的命令后，他会立刻晕过去，仿佛是谁打了他一棍子似的，他会全身僵硬，面无表情，两眼发直。

T 君的神情和伊思剌俄耳截然不同。伊思剌俄耳觉察出死亡的逼近，受到这样的刺激，鼻子的反应不同寻常。T 君却没有产生这样的变化，他的声音和以往不一样了。听到了长官的命令，他的焦躁从发直的眼睛一直蔓延到僵硬的脸上，就像灵魂脱壳一样，一片没有感觉的沙漠把他和人世隔开。我从未看过任何人像他那样魂不守舍。

"那天我不应该派他去执行任务。"事后指挥官对我们说。

指挥官向他分派任务的那一天，T 君脸色苍白，依旧淡淡地一笑。在刽子手举起屠刀的那一刻，受刑者的笑可能就是这个样子。

"如果你觉得身体不适，我就找人代替你。"

"不，长官，既然是轮到我了，我就应该……"

T 君笔直地站在指挥官面前，目不转睛地凝视着指挥官，没有任何动作。

"如果你对自己没有信心……"

"不，长官，已经轮到我了。"

"T，你再想一下吧"

"长官……"

T 就像一根木头一样站在那儿。

阿利耶斯说："因此，我就让他出发了。"

后来发生的事情令人诧异。T 君是战机上的机枪手，德军战斗机曾竭力向他们开火，不过最后敌军的机枪出了问题，掉头就逃掉了。与 T 君一起去的飞行员与 T 在将要靠近基地时还在交谈，飞行员没有察觉出任何不正常的地方，可是，在飞抵基地五分钟前，他再也没有听到回应声。

晚上，人们找到了 T 君的尸骸。飞机的尾翼将他的头颅撞得粉碎，他在很危险的情况下选择了快速跳伞。那时正飞在盟军的领土上空，并没有受到任何威胁，敌军歼击机的意外出现把他的魂给招走了，他不由自主地离去了。

"你们换装去吧。"指挥官命令我们，"五点半出发。"

"再见，指挥官。"

指挥官对我们打了一个手势："是因为迷信吗?"我正吸着的香烟熄灭了，想从衣兜里拿出火柴，却没有找到：

"你为什么总是不带火柴?"

我没带火柴这倒是真的。同指挥官告别后，我走出门槛，心里充满自责：

"我为什么总是不带火柴?"

杜台耳特对我说：

"这个飞行任务让指挥官迷惑不解。"

　　我心中暗想："他压根就不在乎！"我在心底说这句是有失公正的气愤话，并不是针对阿利耶斯指挥官，我是因一个显而易见的事实没有得到人的承认而感到困惑：精神的生命是断断续续的，只有智慧的生命才是永恒的，也可以说大体是这样。我的分析能力几乎没有发生变化，"精神"观察的不是物体本身，而是将物体联系起来的感觉，就是透过现象看本质。"精神"由一片幻觉走向彻底的茫然。喜欢自己专业的人，在他只看到不相容的物体联系在一起时，他的一切就要结束了。喜欢女人的人，在爱情中只看到忧虑、困扰和束缚时，他的一切都要结束了。喜欢音乐的人在他听不见音乐时，他的一切也就要结束了。正像此时，我已经不再了解自己的国家，我的一切就要结束了。一个国家不是地区、风俗以及物质的总和，不是我的智力所能够驾驭的。这些都是我的智力所不能理解的。国家是有生命的，我的末日来临时，我发现自己看不到所有的存在了。

　　指挥官阿利耶斯在总司令那儿住了一夜，他们之间发生了逻辑性的争论，完全的逻辑摧毁了"精神"的生命。后来，他在路上遇到交通拥堵的状况，回来时他已筋疲力尽。再后来，他在返回大队时，又遇到许多物质方面的麻烦。这些麻烦折磨着他，就像人们不能控制山体坍塌一样。最后，他把我们召集起来，命令我们去执行一个很复杂的任务。在他眼中，我们是松散的物体，不是圣埃克苏佩里或者杜台耳特，我们是具有与众不同的观察对象的人，或者说我们是不注重他们想法的人，是以特殊方式行走、饮水和微笑的人。我们就像一群庞大建筑里的板块，需要更多的时间、更长时间的沉默和一次次的后退才能看得清楚并拼接起来。我如果因怪癖而觉得苦闷，指挥官阿利耶斯就会不观察其他的东西，而只注意到这些怪癖，他将派遣有怪癖的"画面"去阿拉斯地区。一大堆乱七八糟的问题和战乱把我们分成声音、鼻子和怪癖几个板块，板块是不会令人感动的。

　　这里不仅是指阿利耶斯指挥官一个人，而是所有的人。埋葬战友时，我们爱的是死者，并不是与死神产生联系。死是一件庄重而严肃的事情，是一张新的关系网，跟死人的想法、习性和物品有关的关系网。死对世界重新做了安排，表面上看来什么似乎没发生变化，实际上一切都改变了。一本书的每一页都是原来的模样，但是书的价值却已经改变。为了感受死亡的存在，为了体验失去战友的感受，我们想象自己需要这死者，而死者已不复存在。请想象一下他们是否需要我们，不过他们已经用不着我们了；请想象一下曾经的交往和友谊，却发现它如此空洞。我们要高瞻远瞩，可是，在下葬的那天，却看不到任何前景，也感觉不到时间的存在。埋葬死者的那天，他的尸体残缺不全，我们只能无奈地跺脚。无论真朋友还是假朋友，都须和他们握手，考虑着安排葬礼的各种事情，无法将精力放在死人身上，直到第二天，我们才会在沉默时想念死去的人。他完整地站在我们面前，完好地离我们的生活远去。为了这已故的、我们无法挽留的人，我们泪流满面，自责愧疚。我不喜欢描写艾匹那勒的战神形像，性格豪爽的战士流下一滴泪水，以粗鲁的玩笑话来掩饰内心的激动。这话并不对，豪爽的战士并未掩饰，他说出的玩笑话的确是句玩笑话。

　　就人的素质而言，这是没问题的。倘若我们一去不复返，阿利耶斯指挥官会很伤心，他比任何人都要难过。假如这跟我们的生命相关，而并不是那些鸡毛蒜皮的小事，他只能默默地重新构建自己的形象。如果今晚要赶走我们的那个监督员继续逼迫机组转移，由于卡车轮子出现了故障，不可避免地出现了麻烦，这将会为我们的死亡延期，阿利耶斯指挥官也许会忘记为此而伤心。

　　为此，我出发前想到的不是西方反对纳粹的斗争，而是眼前的许多小事。我想到飞上阿拉斯七百米高空这个荒唐行为，我想到我们希望获得情报的虚荣心，想到缓慢地穿衣装扮完毕赶赴刑场的事。接着，又想到我的手套，我去哪儿找我的手套呢？我把我的手套弄丢了。

　　我再也不能看到我所生活的大教堂了。

　　为效忠于死神，我穿好飞行服。

三

"快点儿……我的手套在哪里？……这双不是我的……到我的公文包里去找……"

"没找到，上尉。"

"你真是个笨蛋。"

他们全是笨蛋，找不到我手套的人是笨蛋，还有那些决定低空飞行任务的人，他们也是笨蛋。

"10 分钟前我向你要支铅笔……你连支铅笔也没有吗?"

"有，上尉。"

这个还算机灵点儿。

"将这支铅笔用线捆好，将线穿到这粒纽扣的孔中……哎，机枪手，你看起来很悠闲呀……"

"这是因为我已经准备就绪，上尉。"

"啊! 很好。"

然后，我回过头对观察员说:

"杜台耳特，准备好了吗? 不缺少什么东西吧? 航向计算过了吗?"

"航向已计算好了，上尉……"

好，他把航向计算好了。一个即将牺牲的任务……我很想问问，为了一些没有任何价值的情报去牺牲一个机组，如果我们其中某个人活着把情报带回来了，也绝不会把这些情报呈送到任何人手中……您又能怎样?

"参谋部真该招聘些招魂的巫师……"

"为什么?"

"为了今晚我们能把他们要的情报送到那转动的桌子上。"

我不喜欢唠唠叨叨,但依然还在嘟嘟囔囔地发牢骚:

"参谋部,那些参谋部,他们就会部署些需要牺牲的任务!"

在任务看来无望完成时,点点滴滴地穿戴起来无非是为了被活活地烤死,穿衣服当然会拖长时间。一层摞一层地穿上这三倍厚的飞行服,我们就像个旧货商,身上挂满小道具,有组成供氧、供热线路,用于机组人员之间通话的电话线路等,真够笨重的。带好防毒面具,一根橡皮管把我和飞机连在一起,这就像脐带一样不可缺失。飞机和我已成为了一个整体,以我血液将我连在一起,还在我和我的心脏之间加进了一些器官。每一分钟我都感觉到更加笨重,更加臃肿,行动更加艰难,我只能转动全身。如果我想弯下腰拉紧皮带,或者拉上被卡住的拉链,全身的关节都咔咔作响,我曾经发生过骨折的地方也非常疼痛。

"对你说过多少遍,这个头盔太小了,我不想用它,帮我另取一个来。"

上帝知道是什么原因,我一上高空就头昏脑胀。在地面上恰好合适的头盔,一到一万米高空就像老虎钳子一样紧夹着头骨。

"上尉,已经为你换掉一副头盔了……"

"啊!很好。"

我仍在嘟嘟囔囔地唠叨,也不觉得难为情。我没有错!况且唠叨一阵也无所谓。此时此刻,我的心正处在我提过的那片沙漠的中心,这儿散发出来的只是些零星的残余。我盼望着奇迹的出现,毫不愧疚,希望改变今天下午的航程。例如,喉头送话器发生故障。那些喉头送话器时常发生故障,都是些伪劣产品!倘若喉头送话器发生故障,我们不必执行这个必死无疑的任务了……

卫金上尉阴沉着脸过来了，每次我们打算执行任务之前，他都要阴沉着脸来到我们面前。他在我们这里负责与敌机监视机构的联络工作，他的工作职责就是把敌机的活动情况通报给我们。卫金是我很喜欢的一个朋友，但他却是一个晦气的预言家。看到他我总是产生一种不祥的预感。

"老兄，"卫金对我说，"这个任务实在是愚蠢，很愚蠢，很愚蠢啊！"

一会儿，他从衣兜里掏出几张纸，迷惑不解地望着我：

"你从哪儿出发？"

"阿尔贝。"

"是的，就是这个。啊！这事儿真麻烦。"

"别出这个洋相，到底有什么问题？"

"你走不了！"

我走不了！……太好了！卫金！希望他能向上帝祈祷，喉头送话器不出现故障！

"你不能过去。"

"我为什么不能过去？"

"因为在阿尔贝上空有3队德国歼击机在交替执行任务，一队在6000千米的高空，另一队是7500米高空，第3队分布在一万米高空。轮换的飞机到来之前，无论哪班都绝不会离开空中，遇到敌机立即歼灭。你去那儿就是自投罗网。况且，你瞧！"

接着，他让我看他拿出的那一张纸，纸上写着一些难以理解的符号。

这个卫金，最好别烦扰我，让我安静一下。"立即歼灭"，这句话给我留下深刻的印象。我想到了闯红灯和违章罚款，而在这儿的违章就意味着死亡。我很忌讳"立即歼灭"这样的字眼，好像觉得别人正拿着枪对着我瞄准呢。

我绞尽脑汁苦想冥思。敌人保卫他们的阵地，这是不可置疑的，这种话纯属废话……更何况，我根本未把歼击机群放在眼里。当我下降到700

米时，能把我打下来的只有防空部队。防空部队不可能放过我！我勃然大怒：

"说老实话，你急匆匆地跑来这只为了告诉我那儿有德国空军，我这次行动是很危险的！你应该跑去报告将军吧……"

卫金原本想好好安慰我，只要举出那些飞机，说"敌人的歼击机出现在阿尔贝上空……"反正，他这么说不需要付出多大代价。

说来说去，就是这么个意思！

四

所有的准备就绪，我们上了飞机，只剩下试试喉头送话器是否好用了……

"杜台耳特，能听到我声音吗?"

"听得很清楚，上尉。"

"你呢? 机枪手，听到我说话了没?"

"我……是的……相当清楚。"

"杜台耳特，听到机枪手的话了没?"

"很清楚，上尉。"

"机枪手，中尉杜台耳特的话你听到了吗?"

"我……是的……很清楚。"

"你怎么总是这样的说话? 我……是的……很清楚?"

"我正在找铅笔，上尉。"

喉头送话器没发生任何故障。

"机枪手，氧气瓶内的气压正常吗?"

"我……是的……很正常。"

"三个都正常吗?"

"三个都非常正常。"

"准备好了吗，杜台耳特?"

"准备就绪。"

"机枪手，准备好了没？"

"准备就绪。"

"那我们起飞了。"

说完，我开始起飞。

五

　　情绪紧张是因失去某种真实的身份而引起的。如果说我等候着决定幸运或失望的消息，现在就仿佛被抛弃到虚无之中。只要事情还没有解决，我的坐立不安的感受心情就只能用临时的虚假来掩饰了。时光在流逝，一分一秒地构建一小时后在我身上应该表现出来的真实的人。这个素未谋面的我正从外界向我走来，像一个幽灵轻轻移动。接着，我产生了一种紧张情绪。卫金带来的坏消息引起的不是焦虑，而是痛苦，痛苦和焦虑完全是回两事。

　　而现在我没有虚度时光，我总算可以起到作用了。我不再猜测不可知的未来，不再是那个在可怕的旋风中打转的人。未来对我而言，不再是奇怪的幽灵幻影，与我纠缠从此不休。未来由我的一个个行为构成。我监视着罗盘，并使其保持在330度以上，调节好油温和螺旋桨的速度。这都是眼前应该做且有意义的事儿。例如做家务，白天做一些琐碎的小事可以让我遗忘因衰老带来的焦虑。屋内窗明几净，地板光亮，氧气畅通。确实，我正监督着氧气的流量，因为我们在急速上升，已经到达6700米的高空。

　　"杜台耳特，您感觉氧气供应行吗？"

　　"很好，上尉。"

　　"喂！机枪手，氧气供应怎样？"

　　"我……是的……很好，上尉……"

　　"是否找到了您的铅笔？"

我还变成了那个按 S 钮和 A 钮的人，以便查看机枪性能。

"喂！机枪手，您往后边看看，在您的射区范围里有没有太大的空档吧？"

"哦……没有，上尉。"

"好了。试一下你那挺机枪。"

我听到了扫射声。

"机枪状况怎样？"

"机枪状况良好。"

"几挺机枪全都很没问题吗？"

"哦……是的……都没问题。"

接着，我也射击了。这样肆无忌惮地射向敌人的广阔田野，我不知道那些子弹会落到哪儿。它们绝不会伤到任何人，因为大地太广阔。

这样一来，我充实地度过了每一分钟。就像成熟的果实，没有什么值得我焦虑了。我四周的飞行条件肯定会发生变化，或许会出现各种问题。可是，我已经专注于建设未来的行动之中。我在时间塑造下渐渐地成型。孩子并不担心自己会变成老头，他是个孩子，他玩的是孩子所玩的游戏，我也在玩游戏。我数着我的王国里的仪器：刻度盘、操作柄、按钮还有手柄。我计算出需要检查一百零三件东西，需要拉、转或推（在计算机枪操纵装置时，我作弊了，实际上，一挺机枪有两个安全销）。今晚，我要让那个允许我留宿的农场主大吃一惊。我将问他：

"您知道现在的飞行员有多少仪器需要监控吗？"

"您让我怎么知道？"

"没关系，您说个数就行。"

"您想让我说什么数？我只是个农场主，其他什么都不懂。"

"随便说个数就行了！

"七个。"

"一百零三个!"

然后,我一副得意的表情。

我之所以心平气和,是因为身上的每个仪器零件都已各就各位。接到它们的信号之后,我长叹了一口气。所有这些管道和电缆构成的内脏已经形成一张循环网,我是飞机延伸出来的一个部件。当我转动某个旋钮时,飞机便为我提供舒适的环境,慢慢地加热我的衣服和氧气。其实氧气已经很热了,快把我的鼻子给烫着了。氧气的流量是随飞行高度而变化,它是由一个复杂的装置提供的。起飞前我还有看出飞机是人类,而现在是它在照顾我。现在,在飞机的照料下,我对它产生了近乎子女对父母的爱。

我背负的重量则被分散在各个支撑点上,三倍厚的服装和沉重的降落伞压在座位上,我那硕大的鞋子放在脚下操作柄上,我手上戴着的又厚又硬的手套到了空中竟能轻松地操纵着驾驶盘,而在地面上时它是那么笨拙。操纵着驾驶盘……操纵着驾驶盘……

"杜台耳特!"

"……上……尉?"

"您能听到我说话吗?检查一下您的开关,我只能听到您断断续续地说话声。"

"……您……到……上……"

"摇一下!摇动一下您那破玩意儿……听到我说话没有?"

杜台耳特的声音变清楚了。

"听得很清楚,上尉。"

"好,操纵装置现在结了冰,操纵盘很硬,根本动不了操纵杆。"

"真有趣,高度多少?

"9700 米。"

"温度呢?"

"零下 48 度。你的情况怎样,氧气供应充足吗?"

"还行，上尉。"

"机枪手您那儿，氧气行不行？"

没有听到回答。

"机枪手，氧气行吗？"

依然没有人回答。

"喂，机枪手！"

杜台耳特，您能听到机枪手的声音吗？"

"听不到任何回答，上尉"

"快喊他！"

"机枪手，喂！机枪手！"

没有人回答。

在俯冲之前，我猛烈地摆动飞机，如果他是睡着了，这可以把他摇醒。

"上尉？"

"是您吗，机枪手？"

"我……哦……是的……"

"您能确定您自己吗？"

"是我呀！"

"刚才为什么不回答？"

"我在试无线电，刚把它关了啊！"

"您这个混蛋！我差一点要俯冲下去了，我以为你死了呢！"

"我……没有死。"

"我相信你没有死。以后别再跟我开这种玩笑了！关机前先跟我说一声！"

"真对不起，上尉。我会的，上尉。我一定先告您一声。"

因为氧气出现故障人体是感觉不到的，它令人产生一点兴奋感，几秒钟内导致休克，几分钟内就能致人死地，所以必须随时检查氧气的流量，同样，飞行员必须随时检查机组人员的情况。

因此，我轻轻地捏了捏面具上的供养管，以便让我的鼻子感受到一股股为生命提供保障的温热气息。

总之，我正在做自己职责之内的事儿。除了体会到行动时的快感，我没有任何其他感受。我既没有感到正面临着巨大的困难（换装时我有点儿焦躁不安），也没觉得正在履行崇高的责任。

这一次，西方国家同纳粹展开的斗争，成为我行动中的一部分，变成操纵杆、手柄和阀门开关上的某个动作，就是这么回事儿。

一个虔诚的教徒爱着上帝，从他对点燃蜡烛的爱好上就可以看出来。这位教徒以均匀的步伐在他看不清楚的教堂里走着，因为点亮一个接一个的蜡烛令他心满意足。当它们全部被点燃后，他搓了搓双手，对自己的杰作感到很满意。

我得意洋洋地把螺旋桨的转速调节好，并且使航向一直保持在一度。假如杜台耳特能够稍稍看一下罗盘的话，我的杰作定能叫他拍手叫绝……

“杜台耳特……我……罗盘上的航向……可以吗？”

“不行，上尉。罗盘向右倾斜了，偏航过大。”

坏了！

“上尉，我们越过边界了。我现在开始拍照，您看一下高度？”

“一万米。”

六

"上尉……快看罗盘!"

是的,我的飞机有点儿向左倾斜,这不是出于自己的意愿,是阿尔贝城令我不得不这么做的。我认为它在前面很遥远的地方,已经以"立即歼灭"的全部重量压在了我的身上。由此可见我笨重的身体内包含着多么强的记忆力啊!我的肉体想起了那次突然坠落,脑浆迸裂,像糖浆一样黏糊糊的流出,晚上昏迷地躺在医院里。我的肉体害怕受到敌机的扫射,所以它极力避开阿尔贝市。我看不到它的时候,它向左倾斜了。它向左倾斜,就像一匹受到惊吓的老马,为了生活,一辈子都恐惧那种阻碍。问题出在我的身体上……而并非我的精神与灵魂……就在我刚走神之时,我的肉体便偷偷地借此机会避开阿尔贝市。

我并没有发现困难,不再期待着延误任务,刚才我还误以为我产生了这样的念头。我心中暗想:"喉头送话器会发生故障,我好困,很想去睡觉。"我将这张懒人床视为一幅美妙绝伦的图画。不过我在心里很清楚,从一个失误的任务是看不到任何希望的。除了一种令人不舒服的感觉,就像一种应该蜕皮却没蜕皮的失败一样。

这样一来,我想起了自己的中学时代,那时我还是一个小男孩……

"……上尉!"

"发生什么了?"

"不,没事儿……我还以为刚看到……"。

我不喜欢他以为自己好像看到的东西。

是的……当我还是一个小男孩的时候，必须起得非常早去上学。

早上六点钟就得起床，天气很冷。我们揉着惺忪的睡眼，为乏味的语法课犯愁。

我希望自己能够生病，以便在醒来时躺在医院里，让头戴尖角帽的修女把带有甜味的药水端到床前。我们对这种"天堂"抱着千般幻想。

当然，倘若我得了感冒，我会故意把咳嗽声弄得更大一些。但在医院中醒来，我听到学校响着的上课铃声，那为其他人响着的上课铃声，倘若我假装生病，这铃声对我就是种惩罚，因为它把我变成了幽灵。

它在外边响起的是真实的时间，是庄重而严肃的上课时间，喧闹的课间休息时间，热气腾腾的食堂开饭时间。在外面的世界里，时间为活着的人带来丰富多彩、急躁、伤感或快乐的真实生活。

可是，我飞上天空，就被生活遗忘了，为平淡无味的汤药、潮乎乎的床和没有喜怒哀乐的时光感到厌烦。

对一个失误的任务，是看不到丁点希望的。

七

当然了，有时候，比如说今天，任务就无法圆满完成。这件事情显而易见，我们有点像在玩游戏，模仿打仗的游戏，又好像在玩警察抓小偷的游戏。我们按照历史教科书上宣扬的道义和规则准确无误地行事。就像今晚，我在大地上开车驰骋，卫兵依照规定对我的车举起刺刀，就好像这是辆坦克似的！我们在玩刺刀大战坦克的游戏。

这种有些残忍且莫名其妙的事怎么让我们能激动起来呢？显然，我们只扮演了一个跑龙套的角色，却要坚持到死呢。为一件莫名其妙的事情而死，真是没有意义。

谁会在义愤填膺时着装？没有人会这么做，即使是圣人霍希代本人，他差不多已经是个尽善尽美的人，经常献身于正义，遇到这样的事情，他也会默默不语，明哲保身的。所以，战友们穿军装时都默不作声，神情严肃，容易发怒，而这并不是出于英雄的腼腆。这副忧郁易怒的面具并没有掩饰任何激昂的感情，这是他们的心声。我理解这种心声，就像某位主管知道主人下达的命令时，那种茫然不解的忧郁易怒的表情，而他却依然忠心耿耿去执行命令。同事们全都渴望回自己那间安静的卧室，但在我们这个地方，没有人会真的回到卧室睡觉去！

最重要的并不是激动，溃败中不存在任何激动的希望，重要的是着装、登机和起飞。我们自己的看法也没有任何重要意义。孩子想起语法课就激动，我觉得那是矫揉造作，值得怀疑。重要的是管束自己，为一个目前还没有明显表现出来的目标并不觉得反感。这个目标绝对不是智慧所能理解的，而是精神所追求的。精神懂得爱，但它睡着了。欲望是由什么构成的，我像神父一样清晰地知道它有什么意图。在精神睡着的时候，人就会受到诱惑，受到在智慧的理性前妥协的诱惑。

我不明白，在山体滑坡中搭上我这条命能有什么作用？很多次我听见别人说："您就心安理得地在这儿待着吧，这是您的岗位。在这儿您比在空军中队发挥的作用要大得多。关于飞行员，我们能大批大批去培训……"论证是不容置疑的，一切论证都是不容置疑的。我的智慧支持论证，但是，我的智慧却被本能压倒了。

我为何会觉得这个推论不是真的，而我又说不出这么认为的原因？我想道："将知识分子储存起来，像果酱罐一样放在宣传货架上，等战争结束后再吃……"这不是理由！

今天，和同事们一样我也起飞了，再次违背一切推论、一切显而易见的事实和一切出于本能的反抗。这样的时刻终究会来临，到那时我将弄明白我反对自己的理由是有依据的。我答应过自己，如果我还能活着回来，晚上就穿过我的村子出去散散步。那时，我也许能够习惯了，走着瞧吧。

或许到那时，我还是无法用语言描述我的感受。在我认为一个女人非常漂亮时，我会一言不发，只是默默看着她微微一笑，就是这样而已。知识分子会分解开她的脸蛋，然后一块块地予以解释，然而，他们就再也看不到那脸蛋上的笑容了。

领悟，不是拆卸，也并非解释，而是进入视觉。可是，要想看得懂，首先必须参与。不然，是很难学会的……

我一整天都没看到我的村子。在出发前，这儿只有几堵柴泥的墙和一些有点脏兮兮的农民。如今，它是我10000米以下的一点点沙砾，这就是我的村子。

可是，今晚，或许会有一条看家狗醒来，它狂吠着。我一直很喜欢这个美丽的村庄，它能通过明朗的月夜，在一条看家狗的吠声中呈现出它的梦境。

我不期望得到他人的理解，对此我抱着无所谓的态度。村子里的门把谷物储备，牲口、习俗封闭得滴水不漏，向我表明它已安排妥当，可以安静地入睡了！

农民们从田里回来，他们吃完晚饭，让孩子们睡下，将灯火熄灭，便悄无声息地消失在睡梦之中了。村子中万籁寂静，除了在漂亮而僵硬的被单下平缓的呼吸声，像风暴过后海上汹涌的余波。

晚上结算的时候，神不再使用他的财富。当人们在无力抵抗的困倦作用下伸开双手，睡眠使双手变得瘫软无力，一直到天明，我觉得这么以来存贮的财富更清晰地呈现在我面前。

此时，我也许能看到些不可言喻的事物。就像一个失明的人，在他手掌的引导下向火边走去。他不能说出火的样子，却找到了火。就这样，应当保护的东西或许会呈现出来，就像那些被捂在灰烬般的村子里的黑夜下的炭火，人们完全看不到它，但它却在燃烧着。

对一个失误的的任务，我没有不存在任何希望。要了解一个普通的村子，首先要……

"上尉！"

"怎么了？"

"在左前方有六架歼击机，是六架！"

这就像一个晴天霹雳。

要……必须……然而，我很希望及时行乐。我真希望获得爱的权利，真希望搞清楚我这是为谁去死……

八

"机枪手!"

"上尉?"

"你听见了吗?6架,有6架歼击机,在左前方!"

"杜台耳特,我们被发现了吗?"

"他们发现我们了,正向我们瞄准,我们处在他们上方500米的空中。"

"机枪手,听到了吗?我们在他们上方500百米,杜台耳特,离我们还有多远?"

"……还有几秒钟。"

"机枪手,听到了吗?几秒钟后,他们就会盯在我们的身后。"

我发现他们在那儿!很小,像一群有毒的黄蜂。

"机枪手!他们正逼近,再过一秒钟就能看到他们。我看到它们了,在那儿。"

"我……我看不到什么。哦!我看到它们了!"

此时,我却看不到它们了!

"他们是想歼击我们吗?"

"是的,歼击我们!"

"他们追得快吗?"

"我不知道……我认为不会……不会!"

"上尉，你打算怎么办？"

是杜台耳特在问我。

"你觉得我能怎么办？"

我们都不再说话了。

谁也不知道该怎么办，只能听从上帝的安排了。如果我盘旋，这就会拉近两者之间的距离，因为我们直冲着太阳飞行，且飞行的高度比较高。他们在高空上升 500 米便与猎物的距离拉近几公里，达到我们这个高度时，他们就能恢复原来的航速，在阳光中将我们消灭。

"机枪手，有何新情况？"

"依然是原来的样子。"

"能把他们甩开吗？"

"哦……没有……超过了。"

这只能看上帝与太阳的意愿了。

估计到时要发生一场恶战（我宁愿让敌人的歼击机给消灭，也不愿束手就擒），我手足并用正全力拼搏，极力暖化已经结冰的双脚，我产生一种怪异的感觉，不过我依然死死地盯着歼击机。我把整个身体的重量都压到僵硬的操纵装置上。

我还注意到，事实上，在这次行动中，我只能荒唐地等待，感觉还不如从前。可我着装时却不是这样的，我感到十分愤怒，这是一种合理的愤怒。

不过我没有沉浸于牺牲中，我不愿意接受失败。

"机枪手，我们把他们甩掉了吗？"

"已把他们甩掉了，上尉。"

这就好了。

"杜台耳特……杜台耳特……"

"上尉？"

"不……没什么情况。"

"怎么了，上尉？"

"没事儿……我还以为……没事儿……"

我不能告诉他们什么，这不是捉弄他们。如果我开始在空中盘旋，他们一定会发现的。

我开始盘旋。

温度达华氏五十度，很寒冷，而我却汗流浃背，这实在有点儿不正常。哦！我明白这是如何一回事了：我感到头晕，头发晕……

我有时能看到飞机的仪表板，有时又看不到。我操纵着驾驶盘的那只手在发软，我连说话的力气都没了，我抑制不住了，抑制不住了……

我捏了捏橡皮管，鼻子吸到一种清新且蕴藏着生命力的空气。这么看来，并不是氧气出现问题。这是因为……是的……当然，我非常吃惊，是脚蹬的问题。我使出装运工那么大的力气，使出车把式那么大的力气，用力去踩脚蹬。在10000米的高空中，我像运动场上摔跤运动员那样，拼命用力，可是氧气不多了，我只好谨慎地使用它。

我深深地吸了一口气，心跳加快，就像发烧时的战栗一样。我没有跟机组人员交代什么，我开始进行盘旋，他们很快就会知道，我看到了飞机的仪表板……我看不到了……我冷汗直流，心情很差。

灵魂渐渐地回到我的身上。

"杜台耳特！……"

"上尉？"

我很想告诉他发生了什么事。

"我刚才……以为……"

最后，我放弃了。因为说话会浪费过多的氧气，说出这三个字已经让我气喘吁吁。我的身体很虚弱，就像一个刚恢复元气的病人……

"发生什么事了，上尉？"

"不……没事儿。"

"上尉，你真是高深莫测！"

我是高深莫测，但是我仍然活着。

"……他们……没有看着……我……"

"哦！上尉，这只是短暂的！"

这三个字已经让我气喘吁吁。

这只是暂时的，已经到了阿拉斯。

就这样，在那一瞬间，我觉得我已经死了。然而，我没有察觉自己心中那可怕的焦虑。据说，它会使人愁白头。这时我想到了撒贡。他在一次战斗中负伤，几天后，我们去看望他。那是两个月之前的事，在法兰西的领空，敌机把他包围起来，他觉得自己仿佛被钉到了死刑架上，有十秒钟的时间，他认为自己已经死了。

九

我的脑海中回想他躺在医院病床上的样子，清晰的记忆。跳伞时，他的膝盖被飞机的尾翼打碎了，不过撒贡当时并没感受到这撞击。他的脸和双手被严重烧伤了，但是，他还没遭到令人担忧的致命伤。他给我们讲述他的经历，那不紧不慢的语气就像下级向上司汇报工作。

"……我见到闪烁着寒光的子弹与我擦卷而过，明白他们是正对着我射击。我的仪表板被炸了。接着，我看到一股股黑色的烟雾，对了！烟好像是从机头吹来的，不太浓。我想那是因为……你们知道那里有连接管……对了！火势倒不是太大……"

撒贡撇了撇嘴，他在认真组织着语言。他觉得重要的是让我们知道如果火势很大或者很小，又该怎么办。他迟疑了一下：

"可是……那毕竟是火……就这样，我让他们跳伞……"

因为在 10 秒钟内火就能把飞机变成火炬！

"那时，我把自己的跳伞舱门打开。我错了，一开舱门，风就刮进来了……火势……我为此感到内疚。"

在 7000 米的高空中，就犹如火车头上的炉子把火焰喷到你肚子上，你会不会觉得痛苦！我没有问撒贡，这是因为他的英雄气概还是因为他的羞耻心。他既不会承认这种英雄气概，也不会承认这种羞涩。他会说："不，不，是因为我感到惭愧……"况且，他在极力使自己表达得更准确一些。

我清楚大脑的容量是有限的，它每次只能接受一个问题。假如你们在互相斗殴，拳来脚去，而当时你专注着搏斗的招数，挨了几拳也感觉不到疼痛。

有一次，飞机在水上失事，我想当时我肯定是溺水了，冰冷的水，而我却感觉它热乎乎的。准确地说，是我的意识没有关注水的温度，被其他的问题占据了，水温在我的印象中没有留下一点儿痕迹。

撒贡的意识当时就被跳伞的技术问题吸引住了，他的世界范围就被限定在控制滑动舱门的曲柄上和降落伞的某个把手上，机组人员的跳伞技术困扰着他。"你们跳了吗？"没有人回答。"飞机上还有人吗？"依然无人回答。

"我认为飞机里只剩下我一个人了，我认为我能走了（那时，他的脸和双手都被灼伤了）……我站起来，迈出座舱，开始我还待在机翼上。我一到那儿就向机头张望，发现没见到观察员……"

歼击机已击中了观察员，当场毙命，他的尸体就在座舱的角落里。

"这时我向后舱倒退，也没看到机枪手……"

机枪手也倒下了。

"我以为只剩下我一个人了……"

他思考了片刻：

"我如果知道……我还会返回座舱中……就不会被火烤得那么厉害……因此，我在机翼上停留了一段时间……离开座舱之前，我调节飞机，让它上仰。飞行方向无误，呼吸还说得过去，我感觉挺舒服。哦！是啊，我在机翼上停留的时间太长……我不知道应该怎么做……"

撒贡并没有去思考一些搞不清楚的问题，因为他认为飞机上就剩下他一个人了，而此时飞机起火了，那几架歼击机还在来回盘旋，子弹与他擦身而过。撒贡说，他当时没有任何欲望，也没有任何感觉，他从容不迫，陶醉于某种没有极限的闲逸之中。

我体验着这不同寻常的感觉，一点一点：随着迫在眉睫的死亡而来的是出乎意料的空闲……事实推翻了人们对战争的描写，被急急忙忙地坠落的图像所推翻！撒贡待在那里，待在他的机翼上，好像遗忘了时间！

"然后，我就跳了，"他说道，"我跳得不好，我看到自己在打转。我担心伞开早了自己将被缠进去。我等自己平稳下来。哦！我等了很长时间……"

从这次经历的开始到结束，撒贡一直保留着这完整的回忆，等待火烧得更旺一些。接着，在机翼上等待，不明白到底在等什么。然后，自由落体运动时，他依然在等待。

这就是撒贡亲身经历的事情，普通的撒贡，比平常更普通的且带着点困惑的撒贡经历的事情。他身在深渊之上，不耐烦地跺着脚。

十

当外界压力降到正常压力三分之一时，我们坚持了两个小时飞行，机组人员逐渐地筋疲力尽了。我们不敢吭声，我几次打算对着脚操作杆使点儿劲，然而，最终还是放弃了。我每次都被同样的感觉阻挡了，这是一种令人疲惫不堪的舒适感。

杜台耳特希望拍一些照片，提前要求飞机盘旋飞行，我竭力在驾驶盘上使劲，好让飞机向自己这个地方拉，为杜台耳特旋转了二十圈。

"多少高度呢？"

"10200米。"

我依然在想撒贡的遭遇……人终归是人，我们也是人。我依然是我，撒贡也依然是撒贡。死去的人早已死了。普通的矿工有矿工的死法，文学家对死做了些荒谬而可怕的描述，使人们听了害怕，事实上怎么会有这么可怕呢？

在西班牙，我曾看过一个人，人们经过几天的挖掘，把他从一个被鱼雷击毁的房屋地窖中救了出来。人群默默地围着他，我觉得他们似乎有些困惑，围着这个从死亡边缘逃出来的人。那个人一身瓦砾，因为呼吸困难和忍饥挨饿，他已经失去了知觉，就像一个僵硬的怪物。有几个人鼓起勇气，问了他几个问题，他仔细地听着。人群由胆怯变成不安。

人们提出的问题很荒唐，这是因为谁都不知道该怎么问以及问些什么。他们问他："你当时感觉怎么样？……想到了什么……做过什么……"，就像在深夜给需要救援的聋哑人扔出跳板一样，他们也正是在深渊旁边扔下这样的跳板。

那个人能够回答之时，他说："哦！是的，我听到塌陷的声响……时间流逝得很慢"

抑或说："我很担心，时间流逝得太慢……"

"我很恐惧，时间过得那么慢……哦，那么慢……"

或者还说："我腰疼，很疼……"

这个老实人只会老老实实说话。他特别提到他那块丢失的手表，"我找过它……寻找了很长时间……可是里边是黑漆漆一片……"

据此可以确定，生活使他对逝去的时间产生了感情，或者对熟识的事物产生了爱。他是一个人，他用人的感觉去感受世界，即使是夜里崩塌了的世界。没有人问他那个最基本的问题，那个最想了解的问题："你是谁？你想到了谁？"他回答不上来，只能说："我是我自己啊……".

任何事物都不能唤起我们身上的记忆，我们根本不会猜测到一个陌生人。生命就是缓慢地诞生，借一个已经准备好的灵魂，那未免太简单了。

有时候，瞬间的醒悟似乎改变命运的方向。可是，这醒悟只是转瞬间的幻想，它产生于"精神"，渐渐酝酿起来。我逐渐学会了语法，是他们让我学会了句法，让我的心灵受到启发。于是，一首诗突然使我的灵魂受到震撼。

当然，此时我并未感受到一点儿爱，然而，假如今晚的某个东西启发了我，我将给无形的建筑拖来沉重的石头。我在准备一次节庆活动，我无法提及在我身上突然出现的另外一个我，因为我正在创造那个我。

除了慢慢地准备工作，我不期待着遇到战争的奇迹。像学习语法那样，日后必定会产生效果……

我们在慢慢地消耗全部生命，在不断地退化。我们在衰老，任务也在变老。高空飞行需要付出多大的代价呢？在10000米的高空生活一小时相当于地上的一个星期，三个星期，甚至一个月，但这能够磨练人的意志，况且，我认为问题不算太大，半昏迷状态似乎为我增加了几个世纪：我陶醉在老人的从容中，我仿佛觉得着装时的兴奋是很遥远的一件事，这已经成为过去。阿拉斯则在无限遥远的未来。

战争的奇遇，哪里有战争的奇遇呢？

10 分钟之前我差点就亡命了，我却没什么可说的，除了在三秒钟里隐隐约约看到小黄蜂。真正的奇遇只有十分之一秒，而且我们回来后从来没有提起过它。

"上尉，稍稍踩左侧的脚踏一下。"

杜台耳特不记得我的脚踏已经结冰了！而我却想到小时候一幅曾经十分喜爱的版画：背景是朝阳，画面是一艘失事帆船的奇怪墓地，这艘帆船一动不动地固定在南边的大海上。它们在太阳的余晖中伸开像水晶一样的胳膊，在沉寂的气氛中张开带着风痕的帆，就像一张遗留着肩膀压过的痕迹的床，但却令人感到它们很硬、很直，它们咔咔作响，就像要断裂了。

所有在飞机上的东西都被冻住了，操纵柄冻住了，机枪也冻住了。我向机枪手询问：

"你的机枪怎么样了？"

"没事儿。"

"啊！那很好。"

我从戴着面罩的呼气管中吐出了冰凌。我必须接连不断地通过软橡胶压下令我窒息的霜塞。我感觉到它在我的手心里发出咯吱咯吱的响声。

"机枪手，氧气如何呢？"

"还行……"

"瓶内气压是多少？"

"啊……七十度。"

"啊，好的。"

　　对于我们而言，时间也冻住了。我们是三个白发苍苍的老人。所有的一切都是老样子，没有什么急着要办，没有什么残酷的事物。

　　是战争奇遇吗？有一天，阿利耶斯指挥官觉得应该警告我一下：

　　"你可得尽量小心点儿！"

　　"小心什么，阿利耶斯指挥官？"

　　"歼击机从天而降，就像霹雳一样。"歼击机群就在离你1500米的上空，它们已经发现你就在它们下面，正准备不紧不慢地迂回包抄你，接着定位，对着你瞄准，而你却没察觉发生的这一切。你就像在猛禽猎杀范围中的小耗子，以为自己还活着，所以仍旧在麦田里玩耍，但它早已被鹰的视线所锁定。进入鹰的视线比落进陷阱里还更悲惨，因为鹰再也不会放过你了。可你，依然向前飞行，继续做梦，继续观察着地面，当你成为敌人视线里很细的黑点时，已经被判死刑了。"

　　那九架歼击机飞行在一条直线上，高兴时，还左右摇晃几下，它们有充足的时间，以900公里的时速进行鱼叉式的攻击，从来不肯放过任何一个猎物。一个轰炸机拥有一定的火力，且能够很好地保护自我，但是侦察机组在空中得不到支援，必定招架不住72挺机枪，它们用照明弹的光就能将我们完全暴露在敌人的视线里。

　　他们感觉到要发生战斗时，歼击机就如同眼镜蛇，立刻不动声色地喷出毒液，飞到你的上面，使你很难靠近它。那些眼镜蛇就这样晃来晃去，发出它们的电光，继续晃来晃去。

　　歼击机消失之后，形势并没有发生任何改变，连一张张面孔都没有变。只有天空发生了变化，一片空荡荡的宁静。此时，歼击机已只是公平的见证人了，当观察员被切断的颈动脉喷出第一股血时，当右侧那个发动机罩喷射出第一束火焰时，就如同毒液渗进了心脏，面部的肌肉抽搐起来，而眼镜蛇却早已盘起了身子。歼击机组并不杀人，它是在散播死亡，它走后死亡就会降临。

"要小心什么，阿利耶斯指挥官？遭遇到歼击机群，我束手无策。我根本没看清它们是什么样子，即使它们盯上了我，我也没看到它们！"

"要小心什么呢？空中什么都没有！"

地上也没有什么。

站在距离 10 公里之外的地方看人，是无法看到人的，因为人的活动在远处是看不清楚的。我们的长焦距照相机在这儿只能充当显微镜来使用。一定要有显微镜才能看到，这样也看不到人，人依然能够逃离这个仪器，但是能看到人影、大路、大炮、车队和平底驳船。在显微镜的一个小薄片中，人在播种。我是个冷漠无情的学者，对我而言，他们的战争只不过是实验室里的研究工作而已。

"杜台耳特，他们有没有开枪？"

"似乎开枪了。"

杜台耳特压根就不知道，爆炸点离我们很远，浓烟和地面上的物体混合在一起。向我们射出的炮弹一点也不准，很少可能击中我们。处于万米的高空之中，实际上，我们是不可能受到伤害的。他们的射击吓住了我们，使我们迫降，或许把我们赶走。广阔的天空中，渐渐远逝的歼击机如同一粒微尘，看不见。

地上的人们之所以能发现我们的飞机，是因为在高空中飞机的尾部拖着白色的气雾，如同新娘身后拖着的婚纱。火流星经过时会引起一番震动，凝结起大气中的水蒸气。此时，机身后面旋出像冰针一样的卷云，如果具备利于云的形成的外部条件，我们的航迹将渐渐扩大，变成山村上空的晚霞。

歼击机上的无线电报、大量的爆炸和拖着的白色气雾向我们涌来。然而，我们却沉浸于空荡荡的夜空中。

我明白，我们在以每小时 530 公里的速度飞行……可是，周围的一切看上去都是静止的。速度在赛跑场上才可以看出来，而这儿所有的一切都在空间里。这样一来，虽然地球以每秒42公里的速度在转动，它终归是慢慢地围着太阳转，要花费一年的时间转一圈。同样，我们也是，在这万有引力的活动中，别人正慢慢地追上我们。你是问空战的密度吗？就像教堂中的尘埃。尘埃，也许我们使几十或者几百粒尘埃落到自己身上，就像抖地毯时抖出的灰尘，缓缓地飞向太阳。

阿利耶斯指挥官，你叫我们小心什么？直向下看，在平静的水晶下，我只能看到另外一个时代的小物件。我俯身瞧着博物馆的橱窗，然而，此时它们正处于背光的位置。我前面很远很远的地方，也许是丹麦或者海洋。但是斜望过去，我看不清大的物体。眼下太阳太低，而我则飞行在一块闪烁的大板块上。

"杜台耳特，你能穿过这乱七八糟的东西看到什么吗？"

"如果垂直着看，就能看见，上尉……"

"喂！机枪手，是否有歼击机的消息？"

"没有……"

实际上，我压根不知道我们是否被敌机跟踪着，也不知道他们从地面上发现我们的踪迹了没有，更不知道在我们蛛丝似的尾流后面是否还有一大群蛛丝。

"蛛丝"使我产生联想，我面前浮现出一幅画面，起初我觉得它很漂亮：

"……我们拖着镶着冰星的裙袍，像绝代佳人，可远观而不可亵玩……"

"稍微踩左侧的脚踏一下！"

这才是现实，把我拉回那虚幻的诗意中：

"……我的飞机螺旋式飞行将引起'求爱者'在天空到处螺旋式飞行……"

踩一下左边的脚踏……踩一下左边的脚踏…只有踩到才算完事呀！

"绝代佳人"失败了。

"上尉，……我们就玩完了，如果你在低声唱歌……"

回过头来看看，我是否在低声唱歌？

而且，我那轻音乐式的念头被杜台耳特打消了：

"我就要拍完照了，您马上就可以向阿拉斯那边飞了。"

我可以……我可以……当然可以啦！一定得抓住这个好机会。

看吧！管节气门操纵杆也冻住了……

我心中暗想：

"这个星期，只有三分之一的飞行员能够完成任务返回。由此可见，战争是很危险的。可是，如果我们能够活着回去，便没有什么收获。过去我经历过一些奇遇：开辟邮电航空线，撒哈拉中死里逃生，南美洲……然而，战争绝对不是真正的奇遇……而是历险，它不过是奇遇的赝品。奇遇以它所建立的丰富联系、它提出的种种问题和它的诸多创造为基础，要将投硬币和猜正反面的游戏变成奇遇，把生死压在它的肩上是不够的。战争不是冒险，而是一种疾病，好比是伤寒。

也许日后我会想明白，我唯一的一次战争奇遇是我在兆耳空特房子里。

十一

　　我曾居住在圣氏祁椰市郊区的兆耳空特村。1939 年冬天，我们机组就驻扎在那儿，那时候条件很艰苦，住房很简陋，我所住的农场的房子是用柴和泥筑起来的。那儿的晚上特别冷，我的陶水罐里的水都结成冰，穿衣服之前，我会先点着火炉里的火。可是，这样做我就得从我那热烘烘的暖被窝里钻出，在钻出被窝之前，我能在里面舒舒服服地蜷缩成一团。

　　在这空荡荡的冰冷房间里，我睡在这张修士睡的简陋的床铺上，再也想不到比这更美妙的东西了。一天的辛苦劳动后，我在床上享受着休息的快乐，我还享受着美好的安全感，在那儿不存在任何威胁。白天，我的肉体必须忍受恶劣的高空飞行的折磨，随时有被激烈的炮火击中的危险；白天，我的肉体备受折磨，莫名其妙地被撕成碎片；白天，我的身体不再是我的，他人可以卸下我身上的四肢，可以抽出我的血液。这又是因为战争，这是一个事实，这具肉体已经不再属于你的配件库。指挥员过来要这双眼睛，你就得用视觉器官为他卖命；指挥员过来要这双脚，你就得用步行为他效劳；指挥员带着火把，前来要你脸上的全部肌肉，你就得奉献出微笑和向人们示好的本领，最后，你完全成为丑陋的妖怪。所以，这具肉体，在白天可能成为我的敌人，让我感到疼痛，可能变成牢骚的工厂，它现在又成为了我的好朋友，它听从我的命令，与我和好，它蜷缩在我的被窝里，半睡半醒，传递给我的只有活着的快乐和幸福的鼾声。但我还必须命令它下床，用冰凉的水洗干净，还得刮刮胡须，还得穿上衣裳，只为把它完好无损地献给炸弹的生铁碎片。而这样从被窝里钻出来，就犹如把它从母亲的怀抱中抢夺下来，从母亲的胸口抢夺下来，从童年时期所有疼爱、抚摸和保护着一个儿童身体的一切中抢夺下来。

这时，经过一番权衡和深思熟虑，我迟疑地做出了决定，跳下床，咬着牙，径直跑到壁炉前，向弄碎的柴禾浇上汽油。接着，柴禾点着后，我再次穿过卧室，又钻回被窝，找回那热乎乎的感觉。我把鸭绒被和毛毯盖在头上，只露出左眼，注视着壁炉。起初，壁炉中的火焰并不旺，接着出现短促的闪烁，照亮了天花板。接着，它在壁炉中燃烧起来，像在组织一场节庆活动。炉火开始噼里啪啦地作响，呼呼地嚎叫着，开始唱起歌来，快乐得就像乡村中婚礼宴会，人们开始喝酒，开始狂欢，你追我赶，打打闹闹。

有时，我仿佛觉得那宽厚的炉火保护着我，就像热情、忠诚和勤劳的牧羊犬守护着羊群一样，尽心尽职。我看着它，心中十分舒服，很温暖。这时，天花板上映出影子的舞蹈，随着这温暖的金色乐曲，这场节庆活动到达高潮。屋子角落里的炉火很旺，充满神奇的松脂味和烟味。我一跃而起，从一位朋友身旁来到另一位朋友身边，从我的床跑向我的炉火，我也不自己明白是去烤肚子，还是去温暖自己的心。在两大诱惑之间，我卑怯地屈服于强者，我被那个光彩夺目的、闪闪烁烁、吹吹打打和善于做广告的诱惑捕获了。

就这样，我首先点着炉火，接着回到床上重新躺下，再跑到火炉前取暖。我牙齿颤抖着，三次穿越我那冰冷的卧室，感到这极地探险的滋味。我穿过沙漠，走向幸福的驿站，接受这熊熊炉火的回报，它在我眼前，为我跳起了牧羊犬式的舞蹈。

这段经历看似平淡无奇，但在我的眼里却是具有重大意义的遭遇。在我的卧室，我真真切切地感受到不同寻常的滋味，如果有一天，我作为观光客，来参观这个农场，是绝不可能感受到这种滋味的。我能感受到的无非是空荡荡的房间，只有一张床，一只水罐和一个简陋的壁炉。在里面，我只会打上几分钟瞌睡。我如何分辨出带给我的三种感受，它的三个地区以及三种文化（睡眠文化、火文化和荒漠文化）。我怎么可能想到身体的遭遇？它首先是躺在母亲怀抱里的得到爱抚和保护的幼小的身体，然后是生命要遭受苦难的士兵的身体，再就是从火的文明中受益的身体。火让主人脸上增光，也让它的伙伴们增光。他们如果访问朋友，就能分享它的欢乐，他们把椅子拖到它的周围，然后，谈这一天遇到的问题、不安以及家庭，他们一边搓手一边说，或者往烟斗里装烟丝："火真是个好玩意儿，它给我们带来快乐！"

　　而如今再也没有火给我带来温情了，再也没有寒冷的屋子来给我带来冰凉的滋味。我从梦乡中醒来。残存的只有完全的空虚和极度的疲劳。这儿只有一个声音，是杜台耳特的声音，他坚持着他那不切实际的想法：

　　"上尉，稍稍踩左边的脚蹬板一下……"

十二

　　我勤勤恳恳地履行我的职责，可依旧是个战败的机组成员。我沉浸在失败中，到处都是失败的迹象，我的手中就拿着失败的标记。

　　我不得不快速转动节气门的把手，因为它已结冰。眼前这两块废铁给我出了个无法解决的难题。

　　我驾驶的这架飞机，螺旋桨的桨距增加量限得太低，倘若我硬要俯冲，我的速度便将无可避免地达到每小时八百公里左右，也无法避免发动机的超速运转。然而，一个发动机的超速运转是会导致故障的。

　　紧急关头，我会切断电源。但是这样一来，就会发生故障，导致任务不能完成，甚至使飞机坠毁。而飞机在这儿着陆不适合，而且每小时800公里的速度不宜接触地面。

　　因此，首先要做的是使控制杆活动起来。起初经过一番努力，我解决了左侧控制杆的问题，然而，右侧控制杆仍然不为所动。

　　如果我让已经能够活动的左侧发动机减速，我就能以可以接受的速度降落。但是，如果我想让左边的发动机减速，就不得不增强右边发动机的侧拉力，而它肯定会使飞机朝左旋转，我必须控制住这种旋转。但是，能完成这一操作的脚踏板却被完全冻住了。所以，我就无法加强右侧发动机的侧拉力了。左侧的发动机减速，就会使飞机呈螺旋状垂直下降。

　　这样看来，我别无他法，必须冒着超速的危险。下降时，理论上来说，这样做一定会断裂。3500转，极大可能会断裂。

这么做一切无疑是很愚蠢的，没有什么事是重要的。我们的世界是由相互间不能咬合的齿轮构成的，关键是问题不在于齿轮，而在于钟表匠，如今却没有钟表匠。

战争已经打了九个月，我们依然无法解决技术方面的问题，使机枪与操纵装置适应高空气温。我们的遭遇也不是出自人的本意，大部人还是正派的，有觉悟的。他们的懒怠几乎都是没有任何成效的结果，而并非原因。

无计可施的感觉正如命运压在我们的肩上，它压在面对配置了刺刀的坦克的步兵肩上，它压在一对反抗敌人的机组人员的肩上，它压在担负着改良机枪与操纵杆任务的技术人员的肩上。

我们生活在无所谓秩序的政府机构中，政府就像一台机器。一个完善的政府，就能限制人的胡作非为和蛮横无理。在完善的政府机构中，人起的作用就像齿轮，慵懒、虚伪以及不公正就再也没有放肆的机会。

可是，如同机器为了一劳永逸地处理预定的一连串动作，政府也是如此，它不会创新，只会那样管理。犯了怎样的错误就有相应的惩罚，出了什么问题就用相应的办法来解决，政府机构不是为解决新的问题而设定的。如果在冲压和冲制的机器中放上木制零件，它肯定不能生产出家具。要想使机器适应新的工作，人必须要具有控制它的权力。但是，在用来防范人独裁的政府机构中，齿轮机构不愿让人介入，它们也不接纳钟表匠。

十一月，我加入了33大队2中队，我才到那儿，同事就对我说：

"你即将去德国散步，既要带上机枪，也得带上操纵杆。"

接着，他们又说，算是安慰我吧：

"不要担心，你在那儿丢不了什么。在你没看到歼击机的时候，它们已经把你击落了。"

五月份，也就是半年之后，机枪与操纵杆仍旧结着冰。

我想起一句名言，它诞生于我的祖国诞生时：

"法国总是在山穷水尽时遇到拯救它的奇迹。"

我明白这其中原因了。有时会出现这种情况：一场灾难破坏了美丽的政府机器，使这台机器无法恢复正常，当没有更好的办法时，人们便用另一些人来代替它。因此，人挽救了这一切。

当空军军部在被一个炸弹炸成灰烬时，紧急中，人们匆忙地随便找来一名空军，对他说道：

"你负责解决好操纵杆结冰的问题。你拥有所有的权利，只要想办法解决问题。然而，倘若半月之后它们仍然结着冰，你就必须去服劳役。到那时，操纵杆或许就解冻了。"

我能例举出几百种这样的问题。例如，北方某个省的征调委员会征调小牛犊，如此一来，屠宰场就成为牛胎的墓地。这台机器没有齿轮，征调服务处的长官没有其他资格，只有充当齿轮的资格。

于是，这台机器开始变坏，被用来随便宰杀小牛犊，哪怕只有很小的毛病。更糟糕的是，他还可能开始屠杀上校呢。

这种失败让我很泄气。因为我觉得即使炸毁一个发动机，也没有任何作用，我便使劲压了一下左边的操纵杆。

我满腔怒火，用力太大了点儿，这次努力耗费了我很大的力气。

总之，在一万米的高空中人不适合用力。这是一种悲痛，就犹如局部的器官在迷茫中不能正常地醒来一样。

不介意发动机炸不炸。我拼命地呼吸，如果我放松了，就再也不能呼吸了。我想起过去使用的风箱，它能够使火更旺地燃烧。我把火吹旺了，我真希望让它变得再旺些。

我毁坏了什么无法修复的东西？在一万米的高空，用力过大会导致心肌撕裂。

心脏是很脆弱的，为了这么繁重粗劣的活儿，让它受到损害，这真是荒唐。

这就像为煮苹果而烧掉钻石一样。

十三

如同我们一把火烧了北方所有的农庄，但却没能阻止德国人的推进，哪怕只是延迟半天。

然而，贮存在这些村庄的东西，古老的教堂，古老的房屋，所有的纪念品，涂过油漆的胡桃木地板，还有大衣柜内华丽的内衣，窗户上用到现在还没有用坏的花边窗帘……从敦刻尔克到阿尔萨斯，这儿所有的一切，我看到它们在在我眼中燃烧。

从万米的高空看来，燃烧是比较夸张的说法，这是因为，无论是村庄上面还是森林上面，我都看到的只是一片凝滞的烟雾，像是灰白的霜冻。

看不到火，它只是在默默燃烧着。在万米的高空，时间似乎走得慢了，因为一切都停止了运动，没有噼啪作响的火焰，没有爆裂的横梁和盘旋在它们上边的滚滚浓烟，只剩下凝固在琥珀中的灰白色乳状物。

我们还会去解救这片森林，去解救这座村庄吗？从我所在的位置看过去，火燃烧得很慢，像疥癣般慢慢地燃烧着。

此刻，我有很多话想说。我听过有人这么说："我们会放弃那些村庄。"人们不得已地说这句话。战争并非使村庄变成传统的集结点，落到敌人手中时，它不过是个耗子洞。所有事物的意义都发生变化了。

例如，那些树龄长达300多年的老树，一直庇荫着你们家的老房子，但是它却挡住了22岁中尉的射击范围。因此，他派出十五个人，到你家去毁掉这些时间的杰作。为了只有十分钟的行动，他毁掉300年的耐心和阳光，毁掉全家 300 年的信仰，还有在树下订婚仪式的记忆。你对他说：

"这树木可是我的啊！"

他们不会听你的，他在战斗，这就有充足的理由。

然而，如今他们为了玩这个战争游戏，焚烧村庄，就像他们拆毁公园、牺牲机组，就像他们派步兵去抵挡坦克一样。到处都是一片说不出的苦恼，因为无论怎么做都没有意义。

敌人发现了一个明显的毛病，就会利用这件事情。在辽阔的大地上，人占有的地方是很小，需要 10 万士兵，才能构筑一堵连绵不断的万里长城。所以，在部队与部队之间存在空隙。原则上，这些空隙应由各部队的机动能力来填补，可是，对装甲车来说，摩托化程度不高的敌军跟固定不动的并不存在很大区别。

所以，空隙就是真正的缺口。由此可得到战争的这条简单规则："装甲师就像流水，它轻轻地压向敌人的防线，如果没有遭遇到抵抗，它就向前推进。"坦克就是这样压在防线上，空隙总是存在，它们总能见缝插针。

由于没有战车与它相抗衡，这些坦克来去自如，它们尽管只是进行一些表面上的破坏（比如俘虏本地的参谋部，切断电话线还有放火烧村庄），但导致的后果是非常严重的。

它们所起的是化学作用，破坏的是神经和淋巴结，而不是肢体。它们像闪电一样，扫荡各个区域，表面上军队看来是毫发无伤，其实却已经失去了它的性能，成了一个独立的结块。

有人的地方，只剩下一堆被切断了联系的器官。结块与结块之间，无论官兵多么英勇善战，敌人都能畅通无阻地向前推进。一支军队如果只剩下士兵，它已经失去了战斗力。

两星期之内是无法造出战车的，甚至……军事竞赛只能是在没有比赛之前就已经输了。我们是拿四千万农民去抵抗八千万工业家！

我们一个人需要对抗三个敌人，一架飞机必须抵抗十架甚至是二十架，而从敦刻尔克开始，一辆坦克得抵抗一百辆。我们没有余暇去思考过去，我们唯有关注现在。

现在就是这个样子。无论何时何地，任何牺牲都阻挡不了德军的攻击。

所以，军政各界，自上而下，从将军到士兵，从部长到铁工，都有一种说不清道不明的自责。如果牺牲只是盲目的模仿或者自杀，它便失去了任何崇高的意义。牺牲是值得颂扬的：为了他人的生存，有几个人牺牲了；战士们在前线坚持到阵亡，目的就是为援救人员提供时间。

如果战士们没有任何防御工事，也不可能得到救援。那些为之进行着所谓的战斗的人们，似乎也只是在促使他们走向死亡，因为飞机摧毁了部队后方的城市，使战争发生变化了。

事后，我听到有些外国人指责法国：还有几座桥没有炸掉，还有某些村子没有烧毁，还有某些人依然活着。然而，令我感到愤怒的是恰恰与之相反的事实。我们的善良蒙蔽了我们的眼睛，堵塞了我们的耳朵。那就是我们对显而易见的事实所进行的绝望的斗争。

尽管做什么都无济于事，我们依然按照游戏规则炸毁了桥，焚烧了真实的村庄，依然按照游戏规则致人死地。

当然，我们终将遗忘！我们将忘记那些桥梁，忘记那些村庄，我们会让那些人活下去。然而，失败逃跑的事实让这些行为全部失去了意义。

炸桥的人厌恶去执行这样的任务，这样压根阻挡不了敌人。就为涂鸦出一幅令人哭笑不得的漫画，他制造出一座崩塌的桥梁，使自己的祖国受到了损坏！

让人们热情地行动起来，并且让这些行动体现出应有的价值。烧光等待丰收的田地，如果能将敌人埋葬在它的灰烬下，也是一大壮举。然而，敌人压根没把我们的大火和死人放在眼里，因为它有一百六十个师作后盾。

烧毁的村庄自有它的价值，仅仅是对这种作用嘲讽的价值。

死应该自有其价值。官兵们仗打的好吗？这个问题没有一点儿意义！

从理论上来说，守住一个城镇需要坚持三个小时！然而，官兵们接到的只是在那里被动地坚守命令，他们无法战斗，就这样，他们自己将敌人吸引过来，摧毁村庄，以便使战争的游戏规则得到遵从。就像下棋时，友好的对手对你说："你忘了吃这个棋子……"

因此，他们向敌人挑战：

"我们是这座村庄的保卫者，而你们是进攻者，进攻吧！"

对方听明白了。派来一个空军中队，一脚踏平了村庄。

"玩得真棒！"

理所当然有人表现出委靡不振，可是，委靡不振是绝望的一种表现形式，还敢肯定的是，有人会逃跑。阿利耶斯指挥官就曾亲自在公路上碰过散兵游勇，他好几次掏出左轮手枪吓唬他们，而他们答话时语无伦次，不知所云。

我们多希望把这场灾难的制造者给揪出来，杀了他，来拯救这一切！逃兵要承担逃跑的责任，这样未逃的士兵就不敢再逃跑了。倘若有人用手枪瞄准了，那就好了……可这是因噎废食啊。最后，阿利耶斯指挥官收起了他的手枪，因为他觉得这把枪好像过于装腔作势，好比是戏台上的军刀。阿利耶斯很清楚，这些萎靡不振的士兵不是灾难的原因，而是结果。

阿利耶斯很清楚，这些士兵还同面临死亡威胁的士兵一样，完全是一样的人。半月以来，十五万人甘愿接受死亡。但是却还是有些喜欢争辩的人非要别人给他们一条理由不可。

这是难以提供的一条理由。

赛跑者即将参加长跑比赛，对手是和他属于同一等级的。然而，他迈步时却发现自己脚上拖着脚镣，竞争对手却身轻如飞。于是，他放弃了这场失去了任何意义的比赛：

"这种比赛不算数……"

这个人怎能下决心在一场已经不是赛跑的赛跑中赌上自己的生命？

"算数……算数……"

阿利耶斯指挥官十分清楚士兵们心中会怎么想的。他们也会认为：

"这不会算数的……"

阿利耶斯收起来了手枪，他在寻找一个合理的回答。

合理的回答只有一个，唯一的一个。我确定没有人能找出第二个。

"您的死并不能改变什么，失败已成定局。但是，失败只有在死亡中才能体现。这应该是一件伤心事，如今该由您来扮演这个角色了。"

"是，指挥官。"

阿利耶斯并不鄙视逃兵。他十分明白自己的回答足以说服别人，他自己可以接受死亡，他的机组人员也都可以。对我们来说，这个坦率的回答就已足够：

"去送死是一件很愚蠢的事……但他们参谋部的人非要这么做。他们坚持要这么干……就是这样……"

"好，指挥官。"

简而言之，我暂且相信已故的那些人算是其他人的保证金吧。

十四

我上了年纪，遗忘了一切。我望着橱窗上闪闪发光的玻璃板，在它下面是显微镜载玻片上的纤毛虫。谁会对纤毛虫的私事有兴趣呢？

如果没有刀绞般的剧痛，我会像一个上了年纪的暴君，陶醉在朦胧的遐想中。我花了十分钟时间来杜撰这个简单的故事，这种杜撰虚假得令人生厌。发现了歼击机时，我会想到温柔的感叹，真像是有刺的毒蜂。这些肮脏的玩意儿微不足道！

我平心静气地绘出拖地裙袍的画面！我从未见过我的飞机的尾流，不会因它而联想到拖地的裙袍！我待在这个座舱里，如同一支搁在套子里的烟斗，看不见身后的东西。我通过机枪手的双眼观看后面的东西，还有……喉头送话器更不能出故障！我的机枪手对我说：

"它是我们的追求者，正跟在我们的拖地长裙后面……"

现在这里只剩下怀疑与诡计。不容置疑，我想相信，想战斗，还想胜利。然而，在烧毁自己的村子时，战斗是丝毫不起作用的，很难从中获得一点儿快乐。

生存真难。人仅仅是各种关系网的结点，而我的关系却没有任何价值。

我到底怎么了？交流的秘密在哪里？在其他情况下令我烦躁不安的东西，为什么现在却让我感到荒唐，那样遥不可及？同样的一句话、一个动作为什么会在某种遭遇中反复出现？如果我是波斯德，纤毛虫的行为为什么会让我觉得把显微镜的载玻片当作不同于广阔原始森林的领土，使我站在其上方，做出最高形式的冒险行动？

处在下方的那个小黑点，是人的居所。

这让我想起往事。

我想起了遥远的童年，那时，我还是一个小男孩……童年啊！人人都走过的光辉岁月！我属于童年吗？我属于童年的我，属于我的童年时代，就像我属于我的祖国。当我还是一个小男孩时，我在一个夜晚经历了一场奇遇。

那时我才五六岁。晚上八点了，八点是孩子们正进入梦乡的时间。尤其在冬天，因为夜晚来得很早。天黑了，大人却把我给忘了。

那时，我居住在一栋乡下的大房子中，楼下的门厅很大，门厅正对的房间非常暖和，那是我们这些孩子用餐地儿。我在门厅里，觉得很害怕，或许是因为那儿的光线很暗，只照亮了中心那么点儿地方。它与其说是灯，还不如说是个标记。在一片沉寂中，高处的板壁咯咯作响，里面还很冷。家人从明亮温暖的屋中走出来，都经过那儿，那仿佛是个洞穴。

那天晚上，当我发现自己被大人们遗忘了的时候，我淘气地踮着脚尖，溜到门前，缓缓地打开门，走进厅中，在那儿偷偷地探索世界。

我认为细木护壁板的咯吱声是天神生气的警告。黑暗中，我似乎看到模糊的壁板对着我瞪眼。我不敢再往前走，费力地爬上一个圆形托架，背对着墙，伫立在那儿，两腿悬空，心跳剧烈，这情形就像大海中遇难者爬到礁石上。

在这个时候，客厅的门打开了。我最敬畏的两位叔叔，将他们背后的门关上了。

灯光下，喧哗声中，他们在门厅里悠闲散步。

我害怕被他们发现，吓得直打哆嗦。他们其中的一个叫游倍耳，给我的印象是十分严厉。他是正义的化身，从未弹过小孩儿一个手指头。每当我犯错时，他总是皱着眉头重复那些话："下次我去美国，一定要将鞭打机带回来，美国那个地方美好的东西很多，所以那儿的孩子都非常听话，当父母的就不用那么操心了……"

那时我对美国一点儿兴趣也没有。

他们并没有发现我，依然沿着长长的冰冷门厅踱着步。我的目光追随着他们，耳朵倾听着他们的谈话。屏气凝神，以致头晕目眩起来。他们说："如今这年代……"不久，他们带着大人的秘密逐渐走远了。我反反复复地对自己说："如今这年代……"随后，他们又如潮水一般向我跑过来，带着神秘的宝贝。"这是荒唐的，"其中一个对另一个说，"简直太荒唐了……"我仿佛捡到一件与众不同的东西一样，重复着他们的话。我缓缓地重复着那句话，想知道对于我这个五岁的小孩儿能不能理解这些话："这真荒唐，简直太荒唐了……"

如此这般，潮水将叔叔们带走了，又将他们卷回来。这情景为我的生活开启了模糊的未来，带着恒星的规律性反复出现，就如同万有引力定律一样。我是偷听者，偷听了这个庄严的秘密交谈，我被永久地定在托架上。而在这段时间里，我那两位见识广博的叔叔，正在商量着联合创造世界。这所房屋还能支撑一千年，两位叔叔在千年之间，以时钟指针的缓慢速度沿着门厅行走，留给那个门厅永恒的回忆。

我发现的那个黑点或许是在我一万米一下的人的居所。我从它那儿没有得到任何信息，但是那可能是乡下的大房屋，有两位叔叔在走来走去。在小孩儿的想象中，他们在创造一样神奇的东西，像辽阔的大海神奇。

从一万米高空，我看到一个省那么大的区域。可是变得越来越狭窄一切快令我窒息，我在这儿占的空间比地面上小得多。

我丧失了空间观念，对空间认识模糊不清了。然而，我却希望有这种感觉。希望在这里感受到所有男人全部向往的共同尺度。

当爱情在一次巧合唤醒之时，人就很容易感情用事，爱使他有了空间感。我在撒哈拉工作时，如果晚上有阿拉伯人出现在我们的篝火边且站在远处恐吓我们，沙漠就会让我们感觉到它的存在。这一切信息让我们有了空间感，听动听的音乐也是如此。一个旧衣橱唤起了你的回忆，它的味道也会让你产生感觉。感人，这就是空间感。

我知道，关于人的一切是无法估量和想象的。真正的空间绝对不是眼睛所能衡量的，唯有心领神会。它通过语言描述出来，因为语言把各种各样的事物联系在了一起。

我想以后我会更加理解文明的含义。文明是经过许多个世纪而得到的信仰、风俗和知识的遗产。有时它很难以逻辑来证明其正确性，而是由它们自己判断，如同道路，它们之所以能通向某个地方，是因为它们向人们敞开了怀抱。

有一种向我们鼓吹逃避的必要的蹩脚的文学。是的，人们时常借着旅行逃到外面去寻求空间。可我们不可能找到这种空间，它是被人创造出来的，逃避不能解决问题。

一个人感觉到自己还是一个人时，他须去赛跑、合唱抑或是打仗，这已是他们为了和他人、和世界联系的行动。但是，这些行动很可悲的！倘若文明是进步的，它会满足人们的这一愿望，使其不必到处去活动。

在这个静谧的小城镇，在氤氲的天空下，我看到一个隐居在修道院里的残疾女人，她靠在窗前沉思。她是谁？别人将她怎么了？我在推断小城的文明是如何对待这个女人的。我们不活动时，还剩下什么价值？

多密尼可修士面前，很多人正在祈祷。真正的男人，他们拜倒下是跪不动。波斯德时常屏气凝神，在他的显微镜下观察，只有在观察时他才算得上是一个男子汉。为了自己的事业，他奋力拼搏，抓紧每分每秒。他迈着步子前进，尽管他没有动，不过他找到了那空间。所以，赛乍那虽然不动不讲话，但是在他的草图面前，他的存在价值是无法估量的。他不讲话、体验和判断时才算是一个男子汉。他变得比大海更辽阔，因为他的画。

　　童年的房屋，奥尔贡特村的房屋，给了我空间观念，而显微镜给了波斯德空间观念。诗歌拓展了时空的意义，只有文明带来微弱和美好的财富。因为空间不是眼睛所能看到的，而是心灵感受到的，绝对不存在没有语言的时空意义。

　　然而，当所有的一切都混合起来，我怎样才能让语言充满活力呢？此时，庭院里的树既是一个世代相传的船舶，又是阻止炮兵射击的障碍物；炸弹严重地威胁着城市，人们就像黑流似的在大路上奔腾；法兰西似乎是一个被捅坏的蚁窝，乱七八糟；我们不是与真正的敌人在战斗，而是遇被结冻的脚蹬，被夹住了的操纵杆，还有拧不上的安全阀……

　　"您可以降落了！"

　　我可以降落了，我马上向下飞。我行将飞上阿拉斯的领空。身后有1000年的文明在帮助我，然而，它还没帮上一点儿忙。或许回报的时候还没到来。

　　以每小时800公里，每分钟3530转的速度，我在降落。

　　我调整方向，离开寒冷的太阳，它红得无以复加，我看见一块如浮冰般的云，在我下面五六公里的前方。法兰西的一部分笼罩在它的阴影下，阿拉斯也在其中。我思考着，在浮冰云下，一切都是黑色。那儿就像一个大沙锅碗，正遭受着战争的煎熬。交通堵塞，大火燃烧，物资缺乏，农庄被烧毁，混乱……到处都是混乱。在浮云下，他们像石头下的老鼠一样，往四处逃窜。

　　这次下降就像坍塌。我们必须在他们的烂泥里行走，我们回到破败的野蛮中。下面，一切都在发生变化。我们如同长期生活在珊瑚和棕榈国度的富有的旅行者，有一天破产了了，就不得不和乡下人一样省吃俭用，为吃穿发愁；我们一无所有，不得不迁居，遭人轻视，且穷困潦倒，最终病死在脏兮兮的医院中。空中遇难，至少还能死得干干净净！死在太阳中，死在天空中，死在冰和火中。可是，在地上，死后却将慢慢腐蚀在泥土！

十五

"上尉，往南飞，我们还是等进入法军地区再下降高度为好！"

此时这个高度，我已能看见黑色的公路状况，我看得出来这儿存在和平。和平中的世界，不和外界交往一切。压弯，村民们回到村子里，将粮食收进谷仓，把叠好的衣服整齐地放在衣柜。和平的年代，我们知道在哪儿能找到各种物品，我们知道在哪儿能找到某位朋友，我们还知道晚上该去哪儿睡觉。啊！当生活秩序开始混乱时，当世界上再也没有我们的立身之地时，当我们再也不知道去哪儿和我们心爱的人团聚时，当出海的丈夫没有返回时，这一刻，和平就消失了。

和平如同一副面孔，这面孔能透过事物表现出来。当这些事物获得它们的意义，拥有它们的位置时，当它们组成比它们大的事物时，就像矿物，一旦被连接在树系上，即和土地不协调了。

但是现在是战争年代。

就这样，我飞行在公路上空，逃难的人像黑色的糖浆，不间断地在上面流淌。据说，这里的人们正在被疏散。事实并不是这样的，人们是自己在撤离。有一种荒唐在这场大迁徙中蔓延。由于，这些逃难的人去哪儿？他们一路向南，那儿似乎就有住房和食物，那儿似乎就有热情好客的人等着接纳他们。然而，南部只有一些人满为患的城镇，人们睡在棚子中，食物也快用完了。那儿，即使是最大方的人也都变得吝啬起来，因为这场荒唐的大迁移，以泥浆河的缓流将他们吞没了。只有一个省是不可能提供整个法国吃住的！

　　他们也不知道该去哪儿！他们盲目地向前走着，这个沙漠旅行队几乎占领了所有的绿洲，因此，绿洲就已不再是绿洲了。每到一个绿洲就轮到这个绿洲炸裂，于是这个绿洲便加入了旅行队。如果旅行队走进了一个真正的村子，看起来还在生活的村子，只要一晚上村里的全部物资就能被用尽。村子被一扫而空，就像一根骨头被蛀虫啃得消失殆尽一样。

　　敌人的侵入速度远远大于逃跑人的速度。在某些地方，装甲车越过逃难的人流。有几个德军师团陷进这锅粥里无计可施，人们还遇到令人惊讶的异常情景，这些在别处肆意杀人的恶魔，在这儿竟然给逃亡的人喝的东西。

　　撤离时，我们曾先后驻扎在差不多十个村子中。缓缓地穿过那些村庄时，我们被淹没在那些行动缓慢的乌合之众中：

　　"你们去哪儿？"

　　"我们也不知道。"

　　他们一无所知，每个人都不清楚未来该走向何方。他们在撤离，再也没有一个避难所可使用了，也无路可走了。但是，他们依旧在撤离。有人向北方的蚁巢里踹了一脚，所以，蚂蚁跑出来了。不紧不慢地、没有惊惧和希望，然而也没有绝望，似乎是出于一种责任。

　　"下令让你们撤离的是谁？"

　　下令的肯定是市长或者市长助理。某天，凌晨三点钟，发布命令，整个村子乱成一窝蜂：

　　"我们撤吧。"

　　对这一点他们早有预感。两个星期以来，他们看到难民们路过，失去了永远保住家园的信心。然而，人早已从那种游牧生活脱离出来了。他们为自己建造起能持续存在几百年的村庄，为后代子孙一出生就提供了家园，带着他们直到他们死去的那天，再把家园留给他的子孙后代。这似乎是一艘性能良好的船，从这个河埠渡到那个河埠，轮到把儿子送过去了。可是，现在这个家园再也无法居住了！人们都走了，甚至都不知道到底为什么！

十六

　　只要想起我们在途中的遭遇，我就觉得很伤心！为完成任务，有时候我们会在同一个早晨去阿尔萨斯、荷兰、法兰西北部和海上看看。可是，我们碰到的大多数难题都发生在陆地上。地平线经常被拥挤的人群挡住。似乎还不到三天，我和杜台耳特就看到我们所居住的那个村庄已人满为患。

　　我或许永远都无法摆脱这纠结的回忆了。大概在那天早晨六点，我和杜台耳特一出来，就看到一片不可名状的混乱。狭窄的街道上顿时充满各种各样的工具、新车，沉睡了半个世纪、不再时兴的、搁置已久的旧马车、干草车、卡车、慢车以及两轮载重车从所有的车库和仓库吐出。如果仔细地寻找，或许还能发现公共马车，每一个装在轮子上的货箱都被搜查了，人们向里面装满屋子中的财宝。这些财宝都不成样子了，乱七八糟地装载在大车中，它们被裹在毛毯中。

　　它们曾是各家各户的崇拜物，是那个房屋的外形。每一样东西适得其所。出于习惯，它们都变得很重要，它们因勾起人们对往事的回忆而具有非凡的意义，因为能引起思乡之情而变得可贵。人们把它们从壁炉上、桌子上以及墙壁上拿下来，把它们杂乱无章地堆在一起，到了这种境地，它们显现出破损的样子，它们就变成废品了。宝贵的纪念品如果被横七竖八地堆放在一起，似乎令人惋惜！

　　我们面前的某些东西已面目全非了。

"你们疯了？竟放在这儿！发生了什么？

咖啡馆的老板娘耸了耸肩，告诉我们说：

"我们不久就该撤离了。"

"老天啊！为何要撤离！"

"不太明白。市长下的命令。"

她忙得焦头烂额。她跑到楼梯上时，我与杜台耳特观望着街上。在卡车、汽车、马车和载人大车上，乱七八糟地混着小孩儿、褥子还有厨具，旧车尤其可怜。站在马车车辕之间的马匹非常平静，给人留下了深刻的印象。马儿绝对不需备用零件，三枚钉子就能修好大车。但是，这个机械时代的残留物，那些活塞、阀门、磁发电机和齿轮传动系统组成的玩意儿，要用到什么年代啊？

"帮我一下，行吗……上尉……"

"没问题，什么事？"

"从谷仓里将我的车拉出去。"

我为此感到很吃惊：

"你……你难道不会开车？"

"啊！……到路上以后就会开了……就不那么困难了……"

她有一个小姑子，另外还有七个孩子。

出发了！上路之后，她以200米为一个目标，每天行走20公里！每到200米，她就刹车停下来，关闭发动机，然后再打火，堵车时再改变速度。她会将一切都弄糟糕的，也会使汽油不足，还有水！她甚至会忘了水。

"小心水。你的散热器就像个篮子，不断漏水。"

"哦！车是旧的……"

"你们这车还需要走一周呢……你怎样走啊？"

"我也不清楚……"

在之前她跑过十公里，已经三次发生撞车了，导致她的离合器被卡住了，弄烂了轮胎。于是她、她的小姑子还有七个孩子全都哭起来了，她不得不顺其自然，不再做任何挣扎，坐在路旁等候能帮她的牧羊人，然而那些牧羊人……

这儿……这里牧羊人少得出奇！我和杜台耳特目睹了羊群的创举，而这些羊在机械装备惊天动地的嘈杂声中走着。活塞3000，阀门6000，吱嘎作响，又刮又擦，彼此碰撞，几个散热器里的水在沸腾，就这样费力艰难地行走。这是一支被判了刑的队伍！缺少零配件、轮胎和机械师的沙漠旅行队，真是糟糕！

"你们就不能留在家里不走吗？"

"呃，是的，我们非常希望能够留在自己的家里！"

"那干吗还要走呢？"

"别人要求我们离开……"

"是谁要求你们离开？……"

"市长……"

又是市长。

"无疑，谁都希望留在自己的家中。"

这是千真万确的。在这儿我们感觉不到恐怖的氛围，但是认为这是在盲目的服苦役。我与杜台耳特想借机规劝他们中的一些人：

"你们最好还是把所有的东西都卸下来。至少在这儿你们还能喝到家乡的井水啊……"

"我们也十分希望能这样！……"

"没人强制你们走呀！"

我们说服了其中一大部分，又一群人围过来。他们愿意听我们说话，点头表示赞同：

"上尉说得相当有道理！"

后面的说服任务由我新收的徒弟来完成，一个已被我说服且比我更热情的养路工：

"我一直坚持这么说！只要上路，我们一定会碰到困难的。"

他们在商量，他们都同意不离开家乡了，决定留下来。其中几个还去劝导其他的人，但是，一会儿他们就垂头丧气回来了。

"这行不通，我们不得不跟着他们一起走。"

"为什么?"

"卖面包的全走了，往后谁给我们做面包呢?"

村子中的每个地方都遭到毁坏，面目全非。所有的一切都将从同一个洞中流出去，很难看出还会有任何希望。

杜台耳特说出了自己的心声：

"问题出自于有人让大家认为战争是不正常的事情，以前大伙儿都呆在自己的家中，战争和生活混为一体……"

老板娘手里拖着一个袋子出来了。

"三刻钟以后我们将离开这儿……能再来点咖啡吗?"

"啊！我可怜的孩子们……"

她抹着眼泪，不是为我们而哭泣，也不是为她自己。她的眼泪早已哭干了，她已经预感到不得不跟着逃亡的队伍走了，这支队伍，每多走一公里，就会有更多事故要发生。

在一个遥远的村子，敌人的歼击机不断地在低空飞行着，扫射逃亡的队伍。但是，最让人惊讶的是他们一般不会扫射个没完。被打中的几辆车起了火，但只是车中很少的一部分，也极少死人。这是一种奢侈，算是敌人给他们的忠告，或者像被一只腿被咬伤的狗，弯着腿走路，以便羊群再走快点儿。是想在这儿制造混乱，然而，这些局部地区的轰炸和单独的行动为什么并造成很大的危害？其实，混乱并不是敌人制造的，他们无需采取任何措施，就会出乱子。机器出了故障，它是为和平社会制造的，是用来夸耀的，在没有人修理维护之时，它很快就会磨损。今晚，这些破旧的车，仿佛出产于千年之前。

我似乎看到了机器的末日。

像庄严的国王的那个人，鞭笞着自己的马。他坐在马车上，洋洋得意，我估计他喝过酒：

"您看起来很高兴啊！"

"世界末日到了！"

听后我心里非常不舒服，这些劳动者，这些卑微的小人物，他们从前曾发挥过重要作用，也有很多优点和可贵的品质，而今晚却成了寄人篱下的流浪汉。

他们行将流浪到各地的乡村中，在那儿吞噬殆尽食物。

"谁提供食物给你们？"

"不知道……"

沿着公路散落的上百万难民，每天以五到二十公里的速度移动着向前，怎么解决这些逃亡人的粮食问题？即使有人提供粮食，也没有办法运输啊！

这个混合着人和旧钢铁的队伍使我想起了利比亚的沙漠。我和浦勒弗居住在无人居住的地方，黑石头在阳光中闪闪发光，仿佛是披上了一层铠甲……

看到眼前这种景象，我感到十分失望：在石子铺的路上蹦跶着打架的蚱蜢还能存活多久呢？

"你们莫非是要等着老天爷下雨，那时才有水喝？"

"我不清楚……"

十天来，来自北方的难民络绎不绝地穿过他们的村子。他们看过络绎不绝的人流，现在轮到他们外流了，他们加入到这逃难的人流中。哦！他们没有一点儿信心：

"我宁可死在自己的家中。"

"谁不愿意死在自己的家中？"

确实是这样。谁也不想离开，可是现在整座农庄像沙塔一样坍塌了。

即使法兰西有储备物资，这些储备物资也都会因交通堵塞而无法输运。出了故障的车辆，迫不得已时，也会被启用，然后堵在十字路口，跟着人流盲目地向前走，过去后又能怎样？

"何况，法兰西压根就没有储备物资，"杜台耳特说，"这不就不成问题了吗……"

据传闻说，从昨日开始，政府禁止村民逃荒。可是，天才才晓得命令是怎么传播的。因为，道路已堵塞，而电话通讯或者被堵塞，或者中断，或者变得靠不住了。再说了问题的关键不在于下命令，而在于如何激起人们的斗志，构建一种新的道义。千年以来，圣人就教导人们，妇幼应当躲开战争，打仗是男人的事。市长、他们的副手和机关人员很清楚这个规则。他们忽然接到严禁人口外逃的命令，就是迫使妇幼处在敌人的袭击之下。他们需要一个月的时间去调整自己的意识，使之适应新环境。人们无法立刻推翻旧的思想体系。

敌人在发动攻击。所以，市长、副市长和机关人员把百姓抛弃到了大道上。这该如何是好呢？真理在哪儿？就这样，这些没有牧羊人的羊群出发了。

"这儿有医生吗？"

"你们不是这个村里的人吧？"

"不是，我们来自遥远的北方。"

"怎么会没有医生呢？"

"我老婆在大车上快要临产……"

他的老婆躺在厨具中间，在一堆破烂之中，仿佛是躺在荆棘丛中。

"你为什么不提前准备呢？"

"我们已经在路上走了四天了。"

由于路变成了不可逆流的大河，在哪儿停止啊？它扫过一个个村庄，这些村子就毁灭了，它们一起落进同一个下水道。

"是的，没有医生。飞行大队的医生在 20 公里以外。"

"呃！原来是这样。"

他擦着脸上的汗，所有的希望都化为泡沫。他的妻子就将在街中心的厨具里分娩了。一切似乎没有一点儿残忍。总之，无论如何，这已经超出人们所能忍耐的极限，但却没有人抱怨，因为抱怨没有任何意义。他老婆快要死了，他不抱怨了。现实就是如此，这是一场恶梦。

"我们能否在某个地方停下来……"

去哪儿寻找一座真正的村子、一家真正的旅店和一所真正的医院……您知道，连医院都撤走了。鬼才晓得这是为什么！这是游戏的一条规则，人们还没来得及建立新规则。到哪儿去寻找有意义的死亡，已经不存在有意义的死亡？只有身体遭到破坏，就像一辆出了故障的汽车。

我感到四处都在盲目地忙碌着，乱七八糟。人们以每天 5 公里的速度逃亡，坦克以 100 多公里的速度经过田野，飞机时速达 600 公里。就如打翻瓶子，浆水流出来一样。这个男人的老婆即将分娩了，她情况危急，但是，人们再也用不着着急了。这是在危急和永恒间呈现的不稳定的平衡状态。

这一切都是缓慢形成的，慢得像临终者做出的反应。这是个很大的羊群，筋疲力尽地走向地屠宰场。有五百万，千万人在大道上奔跑？这是一个在来世的门槛前疲惫烦躁地踏步的民族。

说实话，我不能想象他们如何生活下去。人不能靠吃树皮活着。他们已经隐隐约约感觉到死亡，但是并不慌张。他们被迫离开了自己的环境、自己的职务以及自己的责任，也就失去了全部的意义。他们的身份也已没有任何威力，失去了自我，将来，他们会饱受痛苦，然而，现在最痛苦的是被大车上过多的行李压弯了腰，他们由于要推过多的车而筋疲力尽。

显而易见，对失败不抱怨，因为你觉得不需要评论你的生活，那就是失败。

我突然产生了一种明显的感觉：法兰西正面临失去他的五脏六腑。一定要抓紧把它缝合起来，必须马上缝。不然它会……

现在已经开始了，它已经觉察出窒息，像鱼儿离开了水一样。

"这儿还有牛奶吗？……"

提出这个问题简直要笑死人！

"从昨天至今，我的孩子还没有喝过……"

一个半岁的小孩大声哭闹起来，可这声音闹不了很久——鱼儿脱离了水……这儿没有一点儿水，只剩下一堆破铜烂铁。并且每走一公里路就会掉钉子、螺丝钉和铁板。百姓在不可思议、没有目标地行走，直至消亡。

有人说，南方几公里处，敌机正在轰炸公路。我们确实听到了沉闷的爆炸声，谣传也许是真的，大家都谈论着炸弹。

但是，人们压根就不紧张，看起来他们还有点儿活跃。遇到了真正的战争，他们觉得比困在废铜烂铁堆里要有趣。

啊！历史学家将来虚构的战争略图是那般滑稽！他们为使战争变得有意义，将会杜撰出什么样的中心思想！他们会抓住某位部长的话，或者某位将军的决定，抑或是某个委员会的商讨，把这幽灵夸耀成负责的历史长谈和遥远的看法。他们虚构的许诺、反抗以及高乃依式的辩词和懦弱。我很明白一个逃难的机关是怎么回事。偶然有一次使我看到了其中的一个，我立即明白了，一个政府如果转移，它就再也不是政府。这就犹如人的身体，如果把胃放在这个部位，肝脏放在那个部位，就再也不是人体了。在空军部里待的二十分钟，我看见部长对他的庶务行使权力！这真是令人惊讶，因为一根电铃线把部长和庶务联系在一起。一根未受损的电铃线，部长按了电钮一下，庶务就来了。

这就是成功了。

"给我准备一辆车。"部长说。

他的权力也就那么点大。他命令庶务备车，但是庶务并不清楚世界上是否有部长的车。庶务人员和司机之间没有电话线，不晓得司机跑地球的哪个地方去了。负责战争、熟悉战争的人能做什么？从此刻起，一周之内，只要通讯联络还无法实现时，我们还得对发现的那个装甲师发动攻击。一个政府能从这个失去支撑的国家里听到什么声音？信息以每天20公里的速度传播，电话线被切断或者出了故障，信息传递无法实现。现在"国家"已面目全非，政府成了空架子，犹如极地，空空荡荡。它不断地听到危急绝望的呼救，可是，呼喊是荒唐的，负责人怎能知道无数个法兰西人正面临饥饿的威胁，无数个人的呼救只在一句话中，一句话就能说清楚：

"四点钟，去 X 那儿。"

或者：

"据说很多人饿死了"

或者：

"树林子起火了。"

或者：

"找到了你的司机。"

一张平面图上写尽了这一切，一上来就能看到，无数人，汽车，东部军队，西方文明，司机找到了，英国，和平，几点了？

我给你们写了七封信，源自《圣经》的七封信，你们用这七封信为我重写《圣经》吧！

历史学家们忘记了真实。他们将炮制出思维能力超强的一些人，用神奇的纤维将他们与能够表现的、拥有坚实全面观点的世界联系起来，依照笛卡尔逻辑的四项准则来权衡着重大的决策。他们能分辨出好和坏、英雄与叛徒。然而，我提出一个十分简单的问题：

"背叛，意味着必须负责、管理和了解某些事，必须对一些事采取行动。这在今天恰好可以证明他们是天才。人们为什么不给叛徒颁发勋章呢?"

每个地方似乎都出现了一丝和平的迹象。这种和平并非那种持久的、奇妙的、由和平条约缔造的、战争期间历史新阶段的那种和平，这是一个不可名状的时期，是全部事件的结束，再也不结束的结束。这是全局急剧下陷的泥潭。人们将不会感觉到未来是好还是不好。与此相反，人们仿佛缓缓地进入与永恒相似的暂时恶化。不可能有任何结论，原因在于再也将国家系牢的结子，就像溺水的人，拳头抓着自己的头发。一切都松手了，做最大的努力也只能抓住一束头发。和平的到来不是由人做出决定的结果，它好比是麻风一样蔓延着。

我的下面是人满为患的大道，也是德国的装甲车杀人或者倒酒的地方，泥和水混合在一起，成为一片泥浆地。与战争搅和在一起的和平，正使战争渐渐腐烂。

我有一位朋友，名叫勒温·卫耳特，他在路上听到有人绘声绘色地描述那时的情形，后来他将这事儿写进一本巨著。路的左侧是德国人，右侧是法兰西人，两者中间是行动迟缓的逃难者，几百个妇女与孩子从他们失火的车上拼命逃跑。一名步兵中尉被拥挤在堵塞的路上，计划使一门75毫米自行火炮归队，敌人正向他胡乱开枪，导致公路上许多无辜的人亡命。几个妈妈大汗淋漓地朝中尉跑去，他被难以理解的职责所驱使，决定救出坚持不了20分钟的阵地（他们这儿有一打人）：

"你们这群懦夫给我滚开!"

中尉和士兵们都走了，遇上这些与和平相关的问题是常有的事。孩子理应不在路上遭到屠杀，但是负责扫射的士兵不得不穿过孩子的身后开枪。决定前进的或企图前进的卡车都会压死人的，因为逆着人流前进，就将堵死整个大道。

"疯了你们！让我们过去！孩子们会死的！"

"我们这是在打仗啊……"

"打仗？你们在哪里打仗？三天内，你们只能朝这个方向前进六公里！"

这些都是坐在卡车上的士兵，他们朝一个目标行走了好几个小时，或许他们已没有目标，然而，他们不曾忘记他们身上的使命：

"我们在打仗……"

"你们最好还是收留我们！太残酷了！"

一个小孩儿叫喊着。

"这个孩子是怎么回事？"

孩子停止了呼喊。没有一滴奶，他再也叫不出声来。

"我们在打仗……"

他们绝望而愚蠢地重复着那句话。

"然而，你们从未打过仗！你们和我们一起被围困在这儿！"

"我们在打仗……."

连他们自己都不明白在说些什么，他们也不太清楚自己是不是在打仗，从未遇见敌人。他们坐着卡车向一个个飘渺得如海市蜃楼般的目的地奔去，只遇到这堆充满腐烂物的和平。

人群一片混乱，他们不得不从卡车上走下来，人群将他们包围起来：

"有水吗？……"

大家分光了士兵们的水。

"有面包吗？……"

大家又分光了士兵们的面包。

"你们难道忍心眼睁睁地看着她死去？"

在这辆出了故障被挪到坑里的车上，一个女人嘶哑地喘着粗气，大家将她救了出来。

"还有这个孩子呢?"

孩子也被放到卡车上。

"这个即将分娩的女人呢?"

人们将她放到汽车上。

不久,又把另一个女人放到了车上,因为这个人哭起来了。

经过一小时的折腾,人们给卡车让出了道,车掉头向南开去,随着行走的人群汇集的河流,它向前驶去。士兵们成了和平的士兵,因为没有战争。

人们看不到战争的指挥系统。因为你攻击的人是孩子,是孩子受到了攻击;因为去前线时,你碰到的是个临产的女人;因为声称是传送情报或者接到一道命令,听命都是假的,假得就如与西利尤丝说话一样。他们再也不是士兵了,而变成了普通百姓。

他们成了和平的士兵。他们不得不当医生、看守队伍的人、机械师或者是担架员。他们帮组百姓修车,给老百姓修那些不知如何维修的废铜烂铁。这些士兵在自找的麻烦中忙碌着,不知道他们是英雄,还是应该受到军事法庭的惩罚。他们对获得勋章一点儿都不惊讶;被列成一排贴墙立着,头中了十颗子弹,他们也不惊讶;即使被遣散也不惊讶。任何东西都无法令他们惊讶起来,他们早已超越了惊讶的界限。

这是一片没有边际的混沌,无论命令、动作、消息还是电波都无法传到3公里之外。

就像村子接二连三地坍塌,就像军用卡车变成和平时代的用车,这一伙人正面临死亡,然而,他们从未说起死的问题,只做着他们遇到的所有事情:修理破旧的劣质车辆的车辕,将三个修女放在马车上,去上帝知道的某个地方朝圣,走向上帝知道的某个童话里的避难港,拯救了一群面临死亡威胁的小孩。

就像阿利耶斯把手枪收回衣兜中，我不会对这些放弃战争的士兵评头论足。拿什么来鼓舞他们的士气？召集他们的电波从哪儿来？能凝聚他们的那张脸出现在何地？除了那些荒诞不经的流言，他们不知还有什么。每走三四公里，就会听到这些流言，以荒谬的假设形式，缓缓通过3公里的污泥延伸，最终获得肯定。

这些流言是：美国参战，教皇自杀，苏联人的飞机把柏林炸成了一片火海，停战协定已签署三天了，希特勒在英国登陆。

既没有保护妇女儿童的牧羊人，也没有保护男人的牧羊人。将军害了他的勤务兵，部长害了他的庶务，也许他能通过他的雄辩才能，来改变他们。阿利耶斯害了他的机组人员，他能够让他们贡献出自己的生命。

军用卡车的中士害了听命于他的12个人，但是他不会和其他东西联系在一起。

倘若一个天才式的首长能神奇地用一个眼神来制定解救我们的方案，但是，他的作用也只不过是拥有一根20米长的电铃线而已。

而为取得胜利，身为指挥员的他会配备庶务人员，假设电铃线的另外一端还有庶务人员。

当那些单位已解体的散兵游勇偶然来到大道上时，他们不过是战争的失业者，并没有流露出失败的爱国者的那种失望神情。

但他们在暗暗地期待和平，这是千真万确的。但是，在他们的眼中，和平不过是无法言喻的混乱的结束，是恢复某种身份，哪怕是最卑微的，就像修鞋匠向往着再去钉钉子一样。钉上钉子，他也就为世界做了贡献。

倘若他们一直向前走，那是普遍的支离破碎导致了四分五裂，而并非出于贪生怕死，他们什么都没有，所以他们不惧怕失去。

十七

一条根本的法则是：我们不会使失败者瞬间变成胜利者。如果我们说到有一支军队，它起初撤退，接着抵抗，那不过是说说而已，因为撤退的部队并非目前在作战的军队，后退的军队就不再是军队。倒不是因为这些军人不配获得胜利，而是后退破坏了所有的联系，包括人与人之间的所有物质的和精神的联系。下令要求那么多士兵后退，取而代之的是有组织性的新预备队，正是这些预备队阻挡了敌人的前进。关于那些逃兵，人们对他们进行收编，重塑他们的军人形象。如果没有预备队参加行动，一后退结局就不堪设想了。

惟有胜利才具有凝聚力。失败不仅会破坏人与人之间的团结，而且会令自己精神萎靡。假如说逃兵不为崩溃了的法国哭泣，那是因为他们是战败者，那是因为法国失败了，不是他们四周的事物失败了，而是他们自己失败了。如果知道该为法国哭泣，那他就是胜利者了。

等到平静下来的那一天，不论是在抵抗的，还是不再抵抗的人们，几乎所有人，法国战败的面貌都会静静地呈现在他们面前。此刻，每个人都在为一些摆不平或者正在恶化的鸡毛蒜皮的小事情争来斗去，为一辆出了故障的汽车、交通拥堵、卡住的节气门控制杆或者是荒唐的任务而筋疲力尽。作战任务变得荒谬可笑，这就是崩溃的先兆。换句话说，阻止崩溃的行为本身就是荒谬可笑的。这是因为，所有迥异的看法对自己都不利。我们不会为普天下的灾祸哭泣，然而却会为自己肩负的责任而担忧，唯有此才是可触及的和有问题的。崩溃的法国已成了一盘散沙，任何一颗沙粒都没有呈现出真正的面貌，不管是任务、汽车还是公路，还是可恶的节气门控制杆都不行。

无疑，溃退的场面是惨不忍睹的。卑微的人显现的是卑微的举动，强盗暴露出的是强盗行径。机关团体遭到了摧毁，缺乏斗志和疲劳不堪的部队在可笑的指挥下惨不忍睹。所有这些后果伴随着溃败而来，就犹如淋巴结炎伴随着瘟疫似的。然而，倘若是你心爱的女人被卡车轧死了，你会嫌弃她很丑陋吗？

失败令战败者带上了罪犯的羞耻，这正是战争的不公平性。溃败如何表现牺牲，尽职尽责，严格要求自己，加强对各方面的警惕，这是决定胜败的上帝没有放在眼里的东西？让它如何表现爱情？溃败证明指挥官的无能，官兵的缺乏战斗力，百姓的不积极。溃败往往不能逃避责任的追究，但是，这种不负责任本身又证明着什么呢？只要一有苏俄的突变或美国介入的消息传开，人们就会改变看法，就能将他们凝聚在一个共同的希望里。类似此类的传闻，每次都像一股咸咸的海风，洗净一切。所以，绝不能从战败后出现的种种表现来评判法兰西。

我们应该从法国勇于牺牲的角度来对它作出评判。法国接受了战争的挑战，没有尊重逻辑学家们提醒的真相。他们一直在强调："德国有8000万兵力，我们不可能在一年内组织我们急需的4000万士兵。我们也不可能将我们的麦田变成煤田。我们不能期盼美国的帮助。为什么德国人要求收回当泽湾？这就迫使我们必须去承担义务，而非拯救当泽湾，这是不可能的，而是为了逃避羞耻而自杀。法国的土地是用来种麦子的而非生产机器，人口是人家的一半，这没有什么丢脸之处？为什么要将这个耻辱加在我们头上，而不是加在全人类的头上？"他们说得没错。对我们来说，战争意味着灾难。然而，法国不可能为避免失败而拒绝战争。我赞同，法国也会本能地作出同样的判断，因为这些话并不能使它逃避这场战争。在法国，自立斗不过精神。

生活总是让那些圣人的言论支离破碎。失败虽然十分可恶，却能显现出它是通往复苏的唯一道路。我知道，要想长出大树就得让种子变质。如果首次抵抗的行为施行地过晚，无疑会失败。但是它迈出了抵抗的第一步，它就像一粒种子很可能长成一棵大树。

法国发挥了理应发挥的作用，那就是挺身而出，勇敢地接受失败。世界进行裁判，但却不给予合作，又不加入战斗，且看着自己暂时陷入沉默。只要发动进攻，肯定需要有人冲在最前面，而这些人几乎都得牺牲。但是要进攻，冲在前面的人总得付出生命。

这个作用有着不平凡的意义，从而我们不抱期待地接受了以一对三的战斗，接受了以我们的农民对他们的工人的战争！我不同意就惨败的各种丑恶现象作出评判。在飞行中经受燃烧煎熬的人，别人会就他的燎泡下结论吗？他也一样会被丑化成可耻的人。

十八

对于这场战争，从思想意义上而言，我们觉得不可避免，但在现实中，我们觉得它打得没有意义。我一向认为我所说的这些话不是可耻的。宣战至今，因缺乏攻击的力量，我们一直等待着敌人来将我们歼灭。

这是事实，活生生地摆在大家面前。

我们希望以麦苗去打败坦克，麦苗起不了一点儿作用。我们差不多接近被消灭了，再也没有军队，没有预备队，联系太少，还缺少军需品。

可是，我依旧谨慎地飞行，令敌人无懈可击。我以每小时 800 公里、每分钟 3530 转的速度向德军冲去。为什么？唉！为唬他们一跳！让他们从我们的领土上消失！既然我们所提供的情报没有任何价值，这任务也不可能有其他目的。

这是一场诡异的战争。

况且，我夸大其词了。我从高处滑下，操纵杆与手柄的冰渐渐融化。我在水平方向上恢复了正常的飞行速度，以每小时 530 公里的速度、每分钟 2200 百转的速度冲向德军，遗憾的是，他们并没有被我吓倒。

有人会责备我们把这场战争称作诡异的战争。是我们将这场战争命名为诡异的战争的！我们完全可以开这种玩笑。我们乐意把它当成诡异的战争，由于我们愿意做出牺牲。倘若我愿意开玩笑的话，我完全可以拿自己的生命开刀，杜台耳特也是一样的。我完全能够评论这些反常的现象。为什么这些村子依旧在燃烧？为什么人民仍旧流浪在路上？为什么我们怀着坚定的信念却自动扑向屠宰场。

我拥有各种各样的权力。因为，如今我清楚自己在做什么。我甘愿献出生命。我不是喜欢冒险，也非喜欢战斗，而是甘愿牺牲。我明白了一个接近真理性的东西：战争，不愿接受冒险，不愿接受战斗，对战士来说，有时候，战争完完全全意味着在接受死亡。

最近以来，外面一直在议论我们牺牲得还不充分，我看着机组人员出发，随后被歼灭，心中暗想："我们为何要付出这一切？谁能理解我们？"

因为，我们正朝死亡走去。因为在半月之内，法国已有 15 万人牺牲了。他们的死或许算不上什么了不起的反抗行为，我并不赞同伟大的反抗行为，也绝对不能称赞。大量步兵被屠杀在无法防御的农场，许多航空机组就像被投入火堆中的蜡，迅速融化了。

33 大队 2 中队就是这样，为什么我们机组人员还愿意去死呢？为赢得赞赏吗？说起赞赏，如果要赞赏，就必须有裁判员。我们之中谁具有评判权呢？我们参加战争，是为我们心目中共同的事业。自由，关乎的不仅仅是法兰西的自由，还涉及整个世界：我们认为裁判员的工作太轻松了，应该由我们去评判裁判员，由 33 大队 2 中队去评判裁判员。希望不要有人来对我们说，对于我们，一声不吭就投奔到仅有三分之一幸存概率的战场上（还是在容易完成任务时），不要和其他的机组说，也不要对那个被弹片毁了容的朋友讲，从那时起，他这辈子就很难赢得女人的芳心，就犹如那些关押在监狱中的囚犯，被剥夺了基本的权利，只为使人看不到他那张丑陋的脸，就藏了起来，就犹如囚犯被关在牢房中似的。不要对我们说，观众如何评价我们！斗牛士为观众而存在，可我们不是斗牛士。假使有人这样对霍希代说："你该出发了，因为证人在考察你。"霍希代就会说："错的是你。是我——霍希代正在考察证人们……"

因为，一言以蔽之，为什么我们还要战斗呢？为民主而战吗？如果我们是为民主而牺牲，那我们应该和民主阵线站在一起。因此，让他们加入我们的战斗吧！可是，惟有最强大的人才能拯救我们的国家，昨天拒绝承担责任，今天依然拒绝承担责任。真棒，这就是他们的权利，可是这正向我们表明打仗仅仅是为了我们的个人利益。然而我们明白自己已经失去一切，为什么还要去死呢？

是因为绝望吗？这无疑不是绝望！倘若你从中看到绝望，那你根本不知道什么叫失败。

有一个事实，它比智力的描述还要聪明些。是什么穿过我们中间，并主宰了我们的命运？我发现它的存在，然而却无法抓住它。树是不会言语的，我们就是那棵树。真理尽管没有说出来，但都是显而易见的。我绝不因反对战争而去死的，因为那儿没有我和我的爱人用来遮掩的避难所；我绝不为挽回名誉去死的，我拒绝仲裁员；我也不会因绝望而死的。此刻，正在查询地图的杜台耳特计算出阿拉斯就在下面，在 175 度的某个地方，他似乎在 30 秒之前就已对我说：

"上尉，航向 175 度……"

我将同意他的请求。

十九

"175度。"

"行，172度。"

那就172度吧。墓志铭上写着："曾精确地掌握方向盘，维持航向172度。"这是个奇特的挑战，我能坚持多久呢？我飞行在750米的高空，飞机上面乌云密布。假如我再升高30米，杜台耳特就再也看不到什么了。我们必须保持一定高度，以便能清楚观察德军，同时也成为一个德国小学生都能打中的靶子。700米是被禁止的高度。在平原上空飞行的飞机，就易成为地面上的瞄准点。我们引来了整整一个军的火力，任何火器都能打到我们。我们长久地停留在各种火器的靶场里，这已经不是用枪射击，好像用棒子打了。就像一场赌赛，1000根棒子在打一个核桃。

我认真思考过这个问题，觉得跳伞是行不通的。当飞机已遭到破坏，并开始向地面坠落，打开跳伞舱门的时间比坠落时间还要多几秒，因为开启这个舱门需要一个难以活动的手柄转动七圈。更何况，飞机在以最高速度飞行时，跳伞舱门或许会变形，以致不能滑动。

这就是现实。有朝一日我们不得不去做那些不情愿做的事！方法不复杂：准确地将航向保持在172度。我不该长大的，童年时代的我是如此幸福。我这么说，可能实现那样的想法吗？我已经以精确的172度行走在我的门厅里，因为有我那两位叔叔。

此时，童年变得温馨起来了。不仅是童年，还有整个过去的生活，因为我看到它的前景，仿佛是一片田野……

　　我感到我是孤独的，现在这感受是一直存在我心中的。也许是我的快乐和悲伤转移了目标，但是，它们依然是原来的情感。就这样，我感到幸福或者不幸，我受到惩罚抑或是宽恕。我学的好与差，要取决于那一天……

　　什么是我内心最深处的回忆？我有过一个女管家，名字叫柏剌，是第洛尔人。可这可以说算不上是回忆：这是一个回忆的回忆。当我五岁，我的门厅中时，柏剌就已是个传奇。有几年，元旦前后，母亲对我们说："柏剌来信了！"对我们这些孩子来说，这是一大乐事。可我们为何高兴？我们中没有人记得柏剌了。她早已返回她的第洛尔，待在她那儿的家里，隐藏在皑皑白雪里的一种木屋中。太阳升起时，柏剌依偎在她的木屋门前。

　　"柏剌漂亮吗？"

　　"美极了。"

　　"第洛尔的天气如何呢？"

　　"一直不错。"

　　第洛尔的天气不错。木屋使柏剌在屋外白雪覆盖的草地上走得很远。从我学会写字开始，他们让我给柏剌写信。我总对她说："亲爱的柏剌，给你写信很快乐……"这种信颇有点像祈祷辞，因为我对她并不熟悉……

　　"一七四。"

　　"明白了。一七四。"

　　那就一七四吧，必须得改动下墓志铭。这事儿真奇怪，时间好像瞬间汇集到一起。我把回忆收起，犹如打点收拾行李，它们已不再有价值了，于谁都没意义了。我想起一种深沉的爱。

　　母亲对我们说："柏剌让我代她拥抱你们中的每一个人……"说话

时，母亲已替柏剌——拥抱了我们。

"柏剌知道我已经长大了吗?"

"是的，她知道。"

柏剌什么都知道。

"上尉，他们正在射击。"

柏剌，敌人对着我射击呢! 我瞧了下高度计: 650 米。而云层在 700 米，好吧，我已无计可施。但是，我的云下的世界并不是我所预感到的那样，它不是黑乎乎的，而是蓝色的，很蓝很蓝。这在傍晚时分，平原是蓝色的，有些地儿在下雨，雨也是蓝色的……

"一六八。"

"知道，一六八。'

那就一六八吧。通往永恒的道路是曲折不平的……然而，这条路却是如此的平静! 世界仿佛是一个果园。一会儿，它会在干旱中表现得像一幅示意图，万物都似乎冷酷无情。然而，我飞得十分低，与之处于某种亲密接触中。那儿有孤零零的或三五成群集中在一起的树木。我们遇到了它们，还有绿茵茵的田地，红瓦房，有人站在那门口。四周大雨滂沱，遇上这种天气，柏剌恐怕会令我们赶紧回家……

"一七五。',

我的墓志铭因此大大地失去了高度: "请维持航向一七二度、一七四度、一六八度、一七五度……"我像是个没有主见的人。喏! 我的发动机开始了咳嗽! 它冷了，所以我关上护罩板。好吧。是该打开备用油箱的时候了，于是我拉动操纵杆。我没忘了什么吧? 我瞅了瞅油压，都非常正常。

"情况开始变糟糕了，上尉……"

柏剌，你听见了吗? 情况开始变糟糕。但我却不能不为这黄昏的蓝色震感住。这太不寻常了呀! 这蓝色是那般深。那些果树或许是李树，而橱窗里的景象我再也见不到了！我是个翻墙过去偷农作物的人，大踏步走在潮湿的苜蓿地里，我偷了一些李子。柏剌，这是一场诡异的战争，一场可悲的战争，全部是蓝色的战争。我觉得自己有点迷离了。我仿佛中觉得这奇怪的地方在慢慢变老……呃！不，我并不是恐惧，只是有点沮丧，仅此而已。

"上尉，以'之'字形飞行！"

柏剌，这才是新的一种游戏呢！右边踩一下，再左边踩一下，让敌人拿不准射击的目标。我因摔倒头上起了包，那时你或许会用山菊油敷药为我疗伤。我现在很需要山菊油。你看到，黄昏的蓝色……那还是很美很壮观的！

我看到前面，炮弹连响三声，接着窜起三根闪闪发光的光柱。发光的子弹或发光的小口径炮弹划破夜空，只剩一片金光。在蓝色的夜空中，我惊奇发现这呈三个分支撒开的枝形大烛台……

"上尉，左边火力很猛！往右飞行！"

我一脚踩了下去。

"啊！更糟糕了……"

或许……

情况十分危险，而我却在事物的内部。我支配着自己所有的回忆，我积聚起来的全部储备，还有我种种的爱。我拥有美妙的童年，但它像树根一样消失在黑夜。我从某件往事引起的哀伤中开始了新的生活……事态很危急，然而，我看到这纵横交错如流星雨般的炮弹亮光，内心产生了一种不寻常的感受。

我正处在一个令我感动的地方。黄昏时，左边，雷暴之间，地平线上一片光明，犹如方方正正的彩色玻璃。我几乎能用手触摸到近在咫尺的美好东西，有硕果累累的李子树，还有一片散发着泥土芳香的土地。在潮湿的土地上散散步，一定很惬意。柏剌，你知道，我在慢慢地飞行，左右摇摆，像一辆收集干草的大车。你认为飞机速度就很快……当然，倘若你多想一想的话！可你如果忘记了机器，你在观望，你不过是在田野上漫步……

"阿拉斯……"

是的，阿拉斯在前方，很远很远，可阿拉斯并不是一座城市。阿拉斯什么都不是，它只是蓝色的黑夜尽头的一道红光。换句准确的话说，它是在雷暴的尽头。因为，在左侧和正面，必定有一粒了不起的种子即将发芽。晚霞不一定就这么亮，惟有这些厚重的云团才能反射出这么阴暗的光线……

阿拉斯的火势正在加大，但那并非火灾的烈焰。这火灾就如溃疡般扩散开来，周围是一圈肉疙瘩。但是，这一绺红光，持续不断地供给养料，像是一盏会稍稍冒烟灯的火焰。这是一种稳稳地安居在油料上且能保证持续下去的火焰。我感觉它有致密的肉质，似乎是沉沉的，有时候，风吹得它左右摇摆，如同一棵被风吹弯了腰的树。这正是……一棵树，阿拉斯包被它裹在用树根交织起的网里。而阿拉斯的精华，阿拉斯的储备，阿拉斯的财宝全部变成了汁液，被用作养料，供给这棵树。

有时候，我发现这股火焰因为太沉重而失去平衡，向右或向左倾斜，吐出黑黑的浓烟，接着再重新组合起来。可我一直没有将这座城市看清楚。整座城市便被简化为这道微光。杜台耳特说情况更加糟糕了。他比我看得清楚，因为他在机头上观察。开始，我因为那种似是而非的宽容感到惊异，而这片平原喷吐出来的流星并不十分多。

是的，可……

柏刺，你知道，在童年听过的童话故事中，骑士经历种种考验，走向神秘的、被施了魔法的城堡。他攀登一座座冰川，穿越一道道深谷，挫败一次次阴谋，终于看到了城堡，坐落在一片蓝色的柔和平原上，马蹄翻飞像跑在草坪上。他相信一定能获得胜利……啊！柏刺，童话故事中的古老经验，我们相信！那是艰难险阻……

因此，在蓝色的黄昏中，我奔向烈火中的城堡，像过去那样……你离开得太早，没能了解我们的游戏，你错失了了解"阿克林骑士"的机会。这是我们原创的游戏，由于我们鄙视他人的游戏。这种游戏是该在特定的日子才好玩，狂风暴雨，天空闪过最初的几道闪电，从事物的气息和树叶突如其来的颤抖中，我们预感到乌云不久就要炸裂了。此时，浓密的枝丫瞬间变成轻轻波动的涟漪，那就是信号……没有什么可以阻拦我们了！

从公园的另一头，我们跑着穿过宽阔的草坪，气喘吁吁地冲向房屋。第一阵暴雨携带着沉甸甸的雨滴，一阵一阵。最先被击中的就是失败者，然后是第二次，第三次，再后来又是其他各次。如此这般，最后的幸存者受到诸神的保护，没有受到任何伤害！在下一次暴风雨来临之前，他有权利自称为"阿克林骑士"……

那时，每一次战斗失败，几秒钟内就有很多儿童被丧生在暴风雨中……

我依然在饰演阿克林骑士的角色。我气喘吁吁地跑向火的城堡……

这时，我听到：

"啊！上尉。我从未见过这个……"

我也从来没见过这个。我不再是那个不会受到伤害的人。啊！我不清楚自己还会希望……

二十

　　虽然在 700 米的高空，可我依旧还有希望。虽然下面陈列着密密麻麻的坦克，虽然阿拉斯的火焰在燃烧，但我还是存在希望。我绝望地希望着！我想起过去的一切，一直追溯到童年。为了寻找最高保护的安全感，它并非保护成人，一旦长大，自己的事情就得自己处理……谁能将一个被全能的柏剌紧抓着的小男孩儿怎么着呢？柏剌，你的身影是我的盾牌……

　　我使出浑身解数，甚至杜台耳特对我说的话："事态在恶化……"为了心存希望，我甚至对这一恐吓加以利用。我们身处战争时期，就得有个战争的样子。但是，战争被简化成一些发光的弹道："莫非这就是阿拉斯著名的死亡之灾？这让我觉得很愚蠢……"

　　死刑犯将刽子手看作闪亮的杀人凶器。他想表现得像个英雄好汉，装出一副想打喷嚏或大笑的样子。他以为笑可以将它成死神手里夺回来……这不过是痴人说梦而已。虽然刽子手会打喷嚏，但依旧会把犯人的头给砍了下来。然而，又叫人如何不抱有幻想呢？

　　我如何才能不至于把人家的接待搞错呢？因为一切看起来都那么亲近和平静，潮湿的石板与砖瓦亮得可爱，片刻间没有发生什么变化，也想不到会发生什么迹象。机枪手，杜台耳特和我，无非是在田野里散散步而已，我们悠闲地往回走，就连衣领都没竖。因为，事实上天气晴朗。由于在德国战线中，没有任何迹象可以表明有值得描述的事情。没有理由在更远的地方，战争是另一码事儿。敌人似乎很分散，消融在无边的乡下。按照一户一名士兵，一棵树一名士兵，其中一个不断回想战争时就发射。有个人一而再向他发布命令："你必须向飞机射击……"命令，幻想，交织在一起。三颗子弹发射出去，他自己都不敢相信。我就像在晚上打鸭子一样，打到与否我并不在乎，只是想舒舒服服地走一走。我一边射击一边说其他事，一点儿也没有打扰他们的意思……

我们很清楚地看到自己预感到的事情，那个士兵对着我们瞄准，但他不是很自信，也没有击中我们，其他人就随我们走过去了。此时，那些对我们施展阴谋诡计的人或许正在舒畅地呼吸着夜间的气息，点燃香烟，说着俏皮话，他们也让我们过去了。在他们驻扎的村子里，或许有人正拿着饭钵伸向汤里。响起了轰隆声，一会儿又停止了。是友是敌？他们来不及细问，只注视着他们那盛满汤的饭钵：让他们过去。而此时，我将两手插进兜里，吹着口哨，要从不允许散步的花园里经过，就得尽量表现得自然一点儿，而所有的卫兵都指望别人拦住我，由此就将我放过去了……

我是个很难受到伤害的人！连我的弱点都能成为对付他们的陷阱："激动什么呢？他们会将我放到更远处……"这是明摆着的事实！"滚蛋吧，让别人将你吊死得了……"他们将推卸责任到别人头上，只为了不打断他们的俏皮话，或者只是因喜欢晚风。因此，我利用他们的松懈，利用这分钟——战争使他们觉得疲惫，我为什么不加以利用呢？我已隐约感觉到，从人到人，从班到班，从村到村，我会顺利完成这一任务。总言，我们仅仅是夜空中一架过路的飞机……甚至不值得抬头瞧上一眼！

无疑，我希望活着回来，但同时也知道发生了什么事情。你注定要接受惩罚，只是关押你的牢房还没开始行动。你将希望寄托在沉默上，这一秒和前一秒是一样。下一秒钟也毫无改变世界的理由。对它来说，改变世界的工作太繁重。时间一秒秒地过去，每一秒钟都很安静，安静得仿佛变成为永远……

然而，即将发生的事情，我已经听见它的脚步声了，正向我们走来。

在周围的事物中，不知什么东西刚刚发生破裂，仿佛快要熄灭的柴火似的，噼啪作响，迸出大量火星。是什么奇迹使整个平原在同一时间发生混乱了？春天即将来临，让它们的种子萌芽。武器的春天为什么突如其来？为什么这些闪光的暴雨顿时向我们砸来，并且一下子全部冒出来了？

我最初的感觉就是刚才的大意，我将所有的事情都弄得一团糟。在失去平衡时，偶然的一个眼神或者是一个动作就打破平衡！登山运动员的一声咳嗽就能引发雪崩。此时此刻，他无疑已经引发了雪崩，一切即将结束。

在已经融入夜色的蓝色沼泽中，我们困难地前行。我们搅浑了这平静的烂泥，它向我们释放出数万个金色的气泡。

一大群艺人刚刚加入跳舞的人群中。他们向我们发出成千上万个弹丸，由于这些弹丸十分平滑，起初我们还以为它们是静止的呢，但是犹如艺人没投的弹子一样，它们缓缓降落，我见到晶莹的泪珠沉静地流向我们，穿过平静的油，浸泡着艺人表演的那种平静。

机枪子弹和炮弹，都成千上万地迅速射出，闪闪发光，短短续续，像断线的珠子。成千串有弹力的珠子往我们射来，延伸，断裂，四下散开，在我们周围爆炸。

事实上，在那些没击中我们的弹丸以切线掠过时，我斜着看去，发现那惊人的速度。眼泪变成了闪电，我看到自己正在金黄色的弹雨中，成为密集的枪林的射击目标，不知道多么恐怖的荆棘丛在等着我。整个平原与我相连，在我的周围形成一张金光闪闪的网。

啊！当我俯视大地，我看到一片片闪光的气泡，它们与雾霭一起慢慢地升腾。我看到这像种子似的旋风，人们打落的麦壳就是这么飘扬的！但是，如果我横着看，它们就成了一片长矛的矛尖！是发射物？不是！我遇到了白刃的袭击！我只看到一片刀光剑影！我觉得……不危险！我沉浸在这华丽的场面中，头晕目眩！

"啊!"

我从我的座位上跃起二十公分，在飞机上就像被水锤敲了一下。飞机断裂了，粉碎了……不……还没有……我感到它仍旧受到操纵杆的控制。这只是第一次数不清的打击中的打击。然而，我并没看到爆炸出现的地方，或许是爆炸的产生的浓烟和深色的土地混合在一起了，分不清楚，于是，我抬头看了着。

这是我见到的最后一幕场景，一切都不可挽回了。

二十一

　　我俯视大地，没注意到我和云层之间的距离正渐渐拉大。夜光弹发出金色的光芒，我怎么会想到，当它们升到顶峰之时，就会像钉子似的，接连不断地散发出黑色的物体呢？我发现它们已经积聚成一座座高得令人眩晕的金字塔，像大块浮冰似的慢慢向后漂移。从这个的角度透视过去，我觉得自己好像是静止不动的。

　　我很清楚，这些金字塔刚一筑起就耗尽了它们的力量。每一个弹片只需百分之一秒，就能决定我们的生死。可它们在不知不觉的情况下包围了我，它们的出现，令我感到后脑勺上重重地压着骇人的力量。

　　这种陆续不断的沉浊爆炸声，淹没在发动机的轰隆声中，使我产生一种异常沉寂的幻觉，随即失去了知觉。等待的空虚深入我的内心，人们似乎是在悄悄地商量着什么。

　　我想……但是，我以为……"他们射得太高了！"我仰起头，往身后看去，一群老鹰似乎不情愿地向后翻飞。那些人放弃了目标，可依然没有一点儿希望。

　　没击中我们的那些火器在调整射击方向。爆炸带来的声波如同一面大墙，在我们这个高度重新筑起。几秒钟内一个火力点就会建立起爆炸的金字塔，接着因无效而立即放弃，在别的地方继续建造。射击并没有瞄准我们，但却要把我们封锁。

　　"杜台耳特，还远吗？"

"……如果我们能再坚持三分钟，就快到了……可是……"

"我们可能过得去……"

"不会的！"

这死气沉沉的黑色阴森得吓人，像周围都撒着被抛弃的黑色旧衣服似的。平原呈现出蓝色，蔚蓝的大海似的。

我的生命还能维持多久呢？十秒钟？二十秒钟？爆炸的声浪刻不容缓地冲击着我。附近的那些爆炸对飞机的影响，犹如岩石落进了载重车一样。一会儿，整架飞机就发出近乎富有乐感的声响，怪怪的呻吟……然而，这些都没有打准。在这儿就像电闪雷鸣，它随着距离的接近而越显单调。至少也有些冲击，这些爆炸声证明它不能伤害我们。狮子并不会撞它要捕杀的牛，它将沉重的利爪插进牛身上，不偏不倚，牛就被控制了。射向目标的炮火也是这样，它们只是嵌进飞机里，像插进肌肉那样。

"伤到了没有？"

"没有！"

"喂！机枪手，你受伤了吗？

"没有！"

然而，这些冲击，不得不认真描述的冲击，实质上并没有什么大不了的。它们不断地射击，树皮被击中了，还有铜鼓。他们并不是想炸毁我们的油箱，好像是要把我们的肚皮割开。但是，肚子本身就是一面鼓。肉体，对肉体我们才不在意呢！肉体是算什么呢？这才是非同小可的！

至于肉体，我还想说两句话。我们时常忽视日常生活中司空见惯的事物，要让它们引起你的注意，惟有遇到紧急情况，必须有自下而上的闪光的雨，必须有梭镖的攻击，最后必须建成用来做终审的审判台。那时，我们才会瞬间醒悟。

穿衣服时，我曾想过："生命的最后一刻，我会是什么姿态呢？"现实生活总是使我创造的幻象破灭。然而，这一次，我却要赤膊上阵，愚蠢的家伙疯狂地攻击着我，我连屈肘遮一下脸的时间都没有。

　　磨炼，我的身体必须经受一番磨练。我感觉到是我的肌肤在接受这番磨练。我的观点来自我的肉体本身的感受。我们为自己的肉体如此操劳，辛辛苦苦地为它穿上衣服，将它洗干净，悉心照料，为它刮胡子、喝水和喂养。我们将自己和这被豢养的动物融为一体，把它带到裁缝那儿，医生那儿；与它一起接受灾难；我们与它一起叫嚷，爱它所爱的。我们谈及它的时候总是说：这就是我。但是如今这个幻象突然瞬间倒坍了。对这具肉体，我们心不在焉！我们将它放到奴仆的位置上去了。让愤怒渐趋激烈，让爱情愈加疯狂，让仇恨埋下种子，此刻，我和肉体的关系发生了改变。

　　如果你的儿子遭遇火灾不能出来，你会坚持营救他出来吗？没有人可以阻挡你前进的脚步！你的身上着火了，但你对此毫不感觉。你抵押上全身的臭皮囊抵，谁都可以取走。你发现，自己一点都不在乎过去那些你认为重要的东西。如果那里有障碍物，你会为了将它撞开而不惜牺牲你的肩膀！你就活在你的行动中，你的行动就是你，你不再去做其他事儿！你的肉体仅仅只是你的附属品，它已不再是你了。有人要打吗？没有人可以通过威胁你的肉体来对你进行控制了。你是什么？你是敌人的死对头。你是什么？你是你孩子的上帝。你希望交换，可你并没感觉到在交换中损失了什么。你的身体只是一些工具而已。切削时，我们并不在意工具的毁坏。你换取的是对手的死亡、儿子的得救还有病人的痊愈。倘若你是发明家，你将为自己的发明而勇敢牺牲！飞行大队的那位战友受了致命伤，嘉奖令上写着："当时他对旁观者说：我不行了。赶紧去！抢救出那些文件！……"重要的只是文件或孩子的得救，病人的痊愈，对手的溃败，以及发明！你具有令人惊叹的价值。这是你的责任，是你的仇恨，是你的忠诚，也是你的爱和发明。除了这些，你的身上再也找不到其他东西了。

　　大火烧毁的不但是你的皮肉，还烧掉了人们对皮肉的崇拜。忘了自我的人，唯一得接受的是他的从属。倘若要他去死，他也会接受，由于他的困窘，他并没有消逝，他还活着。道学家绝不会怀有这样的念头，这是司空见惯的事实，每天都能看到这样的事实，这种事实被不可透视的面具遮掩了起来。我穿上衣服时，脑子里回旋的全是些废话，我怎可能为我的肉体而担忧呢？我怎可能预见到自己将遭受的皮肉之苦呢？但到该献出这具肉体的时候，此时，你将会惊异地发现自己对这具肉体是不屑一顾。然而，在我生命的历程中，当我未受到任何紧急事务所左右的时候，当我的价值和意义不存在问题的时候，我从未想到又比生命更重要的事物。

我的身体呀，我是如此在乎你呀！你将我驱赶出来，我已经无希望可言了，但我却不缺任何东西！我不承认此刻之前我的一切，那并非我的思想，也非我的感受，那只是我的身体。拖着它是必须的，好歹能把它带到这儿，可是在这儿，我却发现它已经变得不重要了。

当我还是个 15 岁少年的时候，我接受了人生的首次考验：我的一个弟弟连续病了好几天，被医生"判"死刑了。某天凌晨四点左右，他的护士叫醒我：

"您弟弟找正你。"

"不舒服了，他？"

她没有说话。我赶紧穿上衣服，跑到弟弟那儿。他和平常一样说话，对我说：

"在我死之前，我想和你说说话。我感觉到死神的临近。"

他因神经性发作而全身痉挛，不能说话了。一边抽搐，他一边摆着手。我却不明白他这个手势的意思，我以为他是想说他不想死。可是，平静下来后，他向我解释道：

"不要恐惧……我并不觉得痛苦。我不痛，我忍不住就那样了，那是我的肉体在作祟。

他的肉体已被他人占领了，已不再属于他自己。他极力表现出一种严肃的神情，20 分钟之后，这个弟弟就离我们而去了。临死前他想做个交待，于是对我说："我想留下遗嘱……"他的脸涨得通红。无疑，他感到骄傲如果能像大人那样。他如果是塔楼的建筑师，就会委托我接受他要建造的塔楼；他如果是个父亲，就会委托我代他教育他的儿子；他如果是个战机飞行员，就会委托我保管好机上的文件。但是，他只是个孩子。他仅仅交给我一辆蒸汽摩托、一辆自行车和一支短枪。

人在临死之前，觉得自己会怕死，因为人们对突如其来的事情都措手不及，担心爆炸，怕自己被炸死。死亡？不，当我们面临死亡如此近时，它已经不存在了。我的弟弟告诉过我："记住，将这些统统写下来……"当摆脱肉体时，我们就能看到最根本的东西。人只不过是各种关系网的一个结点。于我们而言，最重要的就是这些结点。

我们抛弃的肉体只是一匹老马。临死前，没有人会想到自己。至少我从未遇见那种人。

"上尉？"

"什么事？"

"非常棒！"

"机枪手……"

"哦……是的，……"

"怎么了？……"

一阵炮击声将我的问题打断。

"杜台耳特！"

"……上尉？"

"击中了没有？"

"没有。"

"机枪手……"

"是你吗？"

"打……"

我仿佛撞在了一堵铜墙上，重重地。我听见：

"嗯！那里！那里！……"

我抬头望着天空，估量着云与云之间的距离，很明显，从侧面观望，那些黑色的云团越显得层层叠加；垂直观望，它们就没那么厚重了。于是，我发现了镶嵌在我们的正前方一顶王冠，用巨大的花叶装饰着。

大腿上肌肉的力量惊人。我用力蹬一下脚踏，就像要踹破一堵墙壁。飞机顿时横飞着出去，又突然向左侧滑翔，一阵噼噼啪啪的颤动声。王冠向右滑动，在我的头顶上摇晃了一下。我发现炮火向我射击，但它打偏了。我看到右边的一丛丛爆炸光焰，它们毫无作用地积聚。然而，在我另一条腿还没来得及反向用力时，那顶王冠已经又回到我的头上。地面上的人再一次将它放在那儿，飞机重新陷入了沼泽，带着咳嗽声。然而，我再一次用尽全部力气将脚踏压下去。我以相反的方向驾着飞机猛扑过去，说得准确点，就是做了个反向的侧滑（正确的螺旋式飞行见鬼去吧！），王冠因此晃向了左边。

能坚持多久呢？这种招数只能用一两次！用这么大的力气踩下一脚又一脚，是徒劳的，急风暴雨式的枪花依然在那里，在我前面再次拼凑起来，还有重新架上的王冠。我感到肚子一阵撞击。当我向下观望时，又看到许多气泡缓慢地升起，目标全对着我。我们居然还能毫发无损，这简直无法想象。但是，我惊异自己竟受不到伤害，我觉得自己是胜利者！每秒钟后，我都觉得自己胜利了！

"我们被击中了吗？"

"没有……"

他们未被击中，他们是不会受到伤害的，他们是胜利者。我是一个机组的指挥官，这个机组由胜利者组成……

此后，我觉得每次爆炸对我们都不构成威胁，反倒使我们变得更坚强。每一次，十分之一秒内，我自认为飞机已被击碎，但它依旧听从我的指挥，它就像一匹马，我如果扯紧缰绳，它就会再次站立起来。此刻，我的心情开始放松，我感到一阵模糊的惊喜。我还未来得及感受恐惧，就觉周身好像一阵震颤，这是由炮轰引起的震颤，我随即发出一声慨叹，解脱啊。对这撞击我原本该感到震惊，然后再松弛。认真想想吧！当时哪能来不及？在放松之前我感到的是震惊。震惊，放松。其间少了一步：恐惧。随后的一秒钟，我并未消极地等待死亡，而是在前一秒钟结束之前，我已复活。我欣喜若狂地存活在尾流中，我居然感觉到一种快感，出乎意料。我的生命中每一秒似乎都开始兴奋起来。我依然活着，我竟还活着，一直活着。我沉浸在生命的狂热中，感受生命的源泉。有人说："那是对战斗的狂热……"不是，它是对生命的狂热！那些站在地面上向我们射击的人，他们哪里晓得自己正在锤炼着对手呢？

油箱和汽油箱，全被炸开了花。杜台耳特说："快完蛋了，我们向上飞吧！"又一次，我估量着云层和我们间的距离。我又一次让飞机侧翻，先向左再向右。我再一次望了地面一眼。平原上突然噼里啪啦地燃起了短暂的亮光，我不会忘记这种景象。或许大炮不久就得射击了，在这巨硕的玻璃鱼缸中，发出连续不断的爆炸声。闪烁着暗红色微光的阿拉斯火焰，犹如铁砧上的一块铁，安稳地坐落在地下仓库上，它正渐渐变为一股炙热的空气，被风儿带走。那儿是人们曾经流过汗和创造发明过的地方，在这一束束的火焰中，人们的纪念物和文化遗产通过这些地下仓库变成风吹来的炙热。

最前面的那片云与我擦肩而过。无数的金箭从下面射上来，自下而上射穿云的腹部，将我层层包围起来。当我钻入云层，从最后的那个洞里我看到了最后那幅画。一秒钟内，我仿佛觉得，阿拉斯的火焰，就像一盏油灯点亮深邃的甬道似的，它点亮了黑夜。它是人的偶像，具有很高的价值。明天，它会耗尽一切。我将把这火焰作为证据带走。

"杜台耳特，你还行吗？"

"很好，上尉。二四零。"

20 分钟后，我们向下飞，落到云层的下面。

好像到了塞纳河的某个位置，我们发现……

"机枪手，你没事吧？"

"嗯……没问题……上尉……没问题。"

"感到很热了吗？"

"哦……没有……是的。"

他一点儿也不知道所发生的事儿，他一副高兴的样子。我突然想起迦佛耳的机枪手。那晚，敌人的八十盏探照灯强烈地照射着莱茵河的上空。接着，还有炮火也混合进来了。那一刻，迦佛耳听到他的机枪手的声音，他在低沉地自言自语（这都是喉头送话器制造的毛病）。机枪手安慰自己说："无大碍！老兄……无大碍！老兄……即使是普通老百姓，也随时有可能遇到这样的情况！……"机枪手非常满意。

我缓缓地呼吸，使空气充满我的肺，呼吸时感觉很通畅。还有许多东西等待我去弄明白……然而，我第一个想到的人竟是阿利耶斯。不，那个农夫是我第一个想到的人。我将告诉他我的飞机上的仪器数量……哎！但那又能怎样！我很自信，103 个。没错，顺便说一句……汽油油量表，油压……哦，油箱被炸开了花，最后检查一下这些仪器！我紧密地关注着它们的变化，橡胶保护套暂时还能支撑，这无疑是一项巧妙的改进！接着我检查了陀螺仪，此地不宜久留，因为待在厚重的云层中觉得憋屈。它是云，狂风暴雨的云！它拼命使我们左右摇晃着。

"您认为我们下降合适吗？"

"10 分钟后……我们至少得再等 10 分钟……"

我们又再等了十分钟！啊！是的，阿利耶斯，我想起了他。他还希望再看到我们吗？那天，我们迟到了 30 分钟。30 分钟，通常来说是很严重的……我奔向正在进行晚餐的飞行大队。推开门，随即倒在阿利耶斯旁边的座位上。当时那会指挥官正举起一把叉子，中间叉着一束面条。他正要将面条放入口中，但他暴跳起来，大张着嘴巴呆呆地站在那儿望着我。面条在叉子上悬着，一动不动。

"啊！……好……很高兴见到您！"

随后，他放下了面条放。

他总是坚持向飞行员询问任务的执行情况，我觉得那是指挥官最大的一个弱点。他即将问到我。他以耐心地看着我，耐心得让我觉得可怕，等着我说出第一批的真实情况。他拿起一页纸和一支钢笔，以防错失一个字和一句话。这使我想起我的少年时代："圣埃克苏佩里同学，你说说该如何求证贝努伊定理的公式？"

"哦……"

贝努伊……贝努伊……就这样，我愣在那儿，一动不动，愣在那种目光下，我像一只小昆虫，一只被针钉住了小昆虫。

搜集情报的工作由杜台耳特负责。他作垂直观察，看到许多东西，其中有卡车、坦克、士兵、驳船、大炮、马儿、火车站、站内的火车还有站长。而我是斜向观察，我看到云、海、江河、山峰和太阳，我所看到的都是硕大的事物，所以我对全局有大致的了解。

"您是个很了解飞行员的指挥官……"

"说啊！说呀！一些东西你总该看到了吧。"

"我……啊！一片火海！我看到了大火，这十分有趣……"

"有什么意思？东西都烧了，就什么也不剩了。"

阿利耶斯这么严酷，到底为什么？

二十二

这一回他会问我吗？

这次执行任务，我带回的情报不是写报告那么简单的事儿。我如同一名中学生，站在黑板前不知所措，我会流露出一副可怜巴巴的神情，事实上，我并不可怜，因为不幸早已过去……在第一阵子弹闪过的时候，不幸就消失了。假使我让飞机早一秒钟转半圈，我就将对自己发生的事情就一无所知了。

我不会再明白涌上心头的柔情蜜意，我回到亲人们身边，回到家，那神态犹如一个家庭主妇，刚买完菜，正走在回家的路上，一边还在思考着该做点什么美味的饭菜，以满足家人的口福。她的菜篮子左右摇摆着，时不时将盖在上面的报纸掀开，看着一切都安安稳稳地放在里面，将一切都都清清楚楚地记住。想到这令家人意外的惊喜，她就从心底发出笑声。她又逛了一会儿，瞧了下货架。

我极其有兴致地看了看货架，倘若杜台耳特没让我待在这个发白的囚笼里，我一定会欣赏一下这飞过眼前的田野。确实，耐心一些是最好的，要知道这儿的景物是有毒的。这儿的一切都参与了阴谋活动。外省小城堡里奇怪的小草坪，还有一打修过的树，就像是潘多拉的魔盒，是战争时期设下的陷进。低空飞行时，我发现轰炸的炮火，却未发现有人示意友好。

从集市上归来，我回到云腹中。指挥官没有说错，"到右边第一条马路的角落里，你们帮我买火柴……"我静下心来。我的衣兜里装着火柴，或者确切地说，它装在我的同事——杜台耳特的衣兜里。他又能怎样呢？谁能记住他看过的所有东西？那是他的事情，而我想起的是一些正经的事儿。着陆以后，我们如果没遇到转移的骚乱，就会向来恪耳戴发起挑战。我不得不在下棋时赢过他。他害怕输棋，我也喜欢赢，但是他肯定会输。

昨天，来恪耳戴喝得酩酊大醉，至少有一点儿。我不希望伤害他。他之所以喝酒，只为自我安慰而已。执行任务归来，他忘了将起落架放下来，以致飞机腹部着地。那会儿，唉！指挥官阿利耶斯恰好在场，他失望地看着飞机，并没开口责备他。来恪耳戴并不是个年轻的飞行员，他在等着指挥官的批评，严厉的批评于他是有些益处的。指挥官暴怒时，他也会在反驳中将心中的怒火发泄出来。然而，指挥官只是摇摇头，他在考虑飞机的问题，压根儿没在意来恪耳戴。对指挥官来说，这次事故只是个微小的灾难，不得不出现在统计数字上的一笔。于来恪耳戴而言，这批评并不公平，除去今天的细小差错，他是清白的。于是，阿利耶斯以最冷漠的态度看着来恪耳戴，他只在乎牺牲品，所以只问了对损失的看法。我感觉到来恪耳戴一直压在心里的怒火喷涌上来，这就仿佛你将手亲切地放在受审者的肩膀上，对他说：

"可怜的阶下囚……啊……他受了多少罪……"人心不可测，这双温和的手原本想讨阶下囚的欢心，却反而激怒了他。这是投向阶下囚可怕的目光，他后悔没将他干掉。

这就是事实。我回到家中，我的家在33大队第2中队。我清楚家里人脾气的，我不会误解来恪耳戴，他也不会误解我。我带着不同寻常的情感，来感受这种团队精神："我们33大队2中队人啊！"嗨！分散的东西又团结在一起了……

我又想到迦佛耳和霍希代。这样的沟通，或许将我与他们联系在一起了。我问自己："迦佛耳出生在哪里？"他表现出了他善良的乡下人的品德。我的心突然因回忆而温暖起来。驻扎在奥尔贡特时，我俩住在同一个农场里。

某天，他对我说：

"女农场主用刀将一头猪杀死了，现请我们吃猪血香肠。"

伊思剌俄耳、迦佛耳和我，3 人欣赏着黑色脆皮的美味，农妇拿出白葡萄酒请我们喝。迦佛耳对我说："我给她买了瓶酒，她十分高兴。你应送她一本书，而且要签上字。"他说的是我自己写的书，我并没有感到为难。为讨她欢心，我欣然签字。伊思剌俄耳在他的烟斗里塞满烟丝，迦佛耳挠着大腿。农妇似乎很高兴，因为收到有作者签字的书。猪血香肠是散发着香味，我还有点儿馋白葡萄酒。我在书上签了名，尽管我感到这是件有点儿好笑的事，然而没感觉被视为外人，且没遭到拒绝。尽管我送了这本书，但我却没有摆出作者的架子，也没有炫耀，因为我不是外人。伊思剌俄耳温和地看着我签字，而迦佛耳依旧老实地挠着大腿。我从心底地感激他们。这本书本可以使我成为高深的见证人，但我没伪装知识分子，也未装作见证人的样子，我只是他们中的一部分。

我一向不喜欢成为所谓的"见证人"。倘若我没有参加战争，那我算什么呢？为了加入他们的队伍，我必须参加战争。我仰慕同志们的美好品德，他们并不喜欢显摆自己，他们在意只是品质本身，而并非出于自谦。迦佛耳和伊思剌俄耳都不自高自大，他们将自己与工作、事业和责任联络成一张网，将这香气扑鼻的猪血香肠也连结起来了。我很高兴，为能和他们形影不离。我可以保持沉默，可以喝我的白葡萄酒，甚至可以在签字时不把他们当作掩护。任何东西都不至于威胁我们之间的兄弟情谊。

我并不反对智力与良知活动的一次次胜利。我欣赏明朗清晰的智慧，但是，如果一个人缺乏，他还算人吗？倘若他仅仅是一个眼神，而不是一个人？在迦佛耳和伊思剌俄耳身上我看到真正的人，同时也在桂尧美那儿发现了。

从作家的活动中，我获得了许多优势，譬如说我也许能够拥有这种自由：如果有一天我厌倦了 33 大队第 2 中队的工作，我就可以离开它，去找其他工作，我为自己有这种想法感到震惊。我唯恐不能拒绝这种优势。每项义务都可能导致变化。

我们法国几乎快要在无所谓实用的智慧中死去，迦佛耳也一样。他是一个注重感情的人，他有自己的爱和恨、开心和抱怨。如此这般，我在他面前高兴地吃着嘎嘎嘣嘣的猪皮，我在品尝职业要求我们应尽的义务，它将我们联系缠绕在同一个树干里。33 大队第 2 中队是我喜欢的家，我并不是以旁观的态度来看待这精彩表演。我是这个团队中的一员，所以我喜欢精彩的表演，喜欢 33 大队第 2 中队。它养育了我，我也应回报它且为它作贡献。

如今，从阿拉斯回来的我比任何时候都更属于我的飞行大队。我收获了一条联系，我心里的这种团队集体荣誉感增强，在沉默中品味感情。伊思剌俄耳与迦佛耳或许经历了比我更危险的情况。伊思剌俄耳失踪了。如果从今天的飞行状况来判断，我原本也会牺牲的。因为它我有权坐在餐桌边，我有权与他们相对无言。为这权利我付出了很高的代价，这是"生存"的权利。于是，我在我的书上签了字，轻轻松松……它不会给我带来麻烦的。

想到指挥官一会儿将询问我，或许我会结结巴巴，满脸涨得通红，觉得惭愧不已。指挥官可能会觉得我很诡异。我在自己写的书上签字，不感到惭愧，是因为即便我送了整个图书馆的书，我也依旧会羞愧。我并非玩弄花招，并非怀疑论者，喜欢称赞一些美好的习俗以当作奢侈的享受；我并非城里人，喜欢在假期中拿农民开玩笑。我在阿拉斯寻找信念的磨练，在危险的战争中锤炼我的肉体。我因这一游戏规则押上了自己的生命。由于它们不像游戏规则，当指挥官向我询问时，我获得了感到惭愧的权利，抑或是参与的权利，和人沟通的权利，交流感情的权利，付出与收获的权利，比以往更大的权利，达到这充满感情的权利，感受到对同事关爱的权利。这爱并非来自外界的冲动，它从不愿意在口头上表达出来，然而，除去吃告别晚餐之外，那会儿，你已经有点微醉，酒的香味使你像硕果累累的树，向客人们俯下身子。世界上最美好的语言也无法表达我对飞行大队的爱。它是由联系组成的，我是飞行大队的一份子，是机组里的一员，仅此而已。

当我想到机组时，不禁想起了霍希代。我可以谈谈他的骁勇善战，可是，我却感到滑稽可笑。他并非英勇，而是把自己的一切献给了战争，他或许比我们优秀。我对霍希代一直望尘莫及。我时常在换衣服时抱怨牢骚，而霍希代不会。他已经到达我们想去的地方，而我们还在路上。霍希代过去是士官，最近晋升为少尉。他或许没有很高的文化程度，对自己的情况了解得也很少。然而，他是个完美的帅小伙。说起职责，他忠于职守，大伙儿都希望像他一样尽职尽责。他是我的一面镜子，使我责备自己小小的自私、疏忽和懒散，尤其是我不信任的态度。这并非道德的象征，而是能够理解的妒忌。我愿像他那样生活，树如果根深就会长得苗壮，他的美是永恒的，他不会让人失望。

由此，我从不去描述他履行战争职责的情况。他是志愿兵吗？我们都是，履行一切任务时我们都是志愿兵。可是，我们隐约感觉到是出于自信的需要。于是，我们勉为其难，可他是真正的志愿兵，他就是这场战争。当有机组成员需要作出牺牲时，指挥官立即就会想到他："霍希代，你看……"他对战争就像佛教徒对佛祖那般的崇拜。他参加战争是为了什么？他为自我而战。霍希代希望拯救他人，希望在战争中发挥自己的作用。他并不认为生与死有很大区别。或许他是在不知觉的状况下形成了这个观念。他不怕死。坚持下去，且鼓舞别人坚持下去……于他而言，死和生不存在界限。

他的忧虑不安使我感到迷惑不解，那是在迦佛耳向他借精密仪器测量基本速度时，他说：

"中尉……行不通的……这件事让我踌躇犹豫。"

"你真奇怪！我只借十分钟而已！"

"中尉，那还有一个在空军大队的仓库呢。"

"确实有，可是那已经坏了，六个星期以来他一直咬住两小时七分钟。"

"中尉，精密时计是不能借的……我不想强迫自己做这种事儿……你不应这样勉强我！"

军队里的纪律，上下级之间的关系，可以使霍希代——这个人差一点葬身火海，因奇迹而生还的人听从命令，他会坐在另一架飞机中执行另一项可怕的任务……而并非毫不犹豫地将昂贵的精密时计借出去，每晚他像妈妈关心小孩一样体贴地呵护着精密时计，这花了他3个月的军饷。一看人们指手画脚的样子，就知道他们一点也不知道精密时计的重要性。

霍希代是胜利者，他的正当权利得到了维护，精密时计依然躺在他怀里，他从空军中队的办公室里走出时有点生气。我原本想拥抱他。霍希代爱的宝贝，这让我看到了，他为了他的精密时计而拼命，精密时计留下来了，他自己却为祖国牺牲了，祖国保全了下来。与他们联系在一起的霍希代还活着，他由他与世界所有的联系构成。

所以，我虽爱霍希代，但并不认为有必要将这份爱说出来；同样，我喜欢在飞行中被杀死的桂尧美，他是我最亲密的朋友，但我却尽量做到少谈论他。我们飞行在同一条航线上，参加同一种壮举，在本质上是一样的。他牺牲了，我生命中的一半也死了。桂尧美是我沉默中的一个朋友。

迦佛耳，霍希代，都是我的朋友。我是33大队第2中队中的一份子，我属于飞行大队，属于我的国家……

二十三

　　我变化很大！阿利耶斯指挥官，最近这段时间，我很烦闷。这些日子，敌人的装甲部队如入无人之境，不断发动进攻，这个需要献出生命的任务，使第 33 飞行大队 2 中队 23 个机组中的 17 个机组付出了生命代价。在我眼中，我们是为了扮演一个哑角，而将人致死，您是第一个啊！阿利耶斯指挥官，我很郁闷，我搞错了！

　　紧紧抓住"责任"这个字眼，您是第一个，但是，我们并不清晰责任的意义。你无目的地推动我们，再也不是为了获得胜利，这种事情已经是不可能的事件，而是让我们去适应形势。您也知道，我们获得的情报不能传达给任何人，但您在保全某些习俗，那些无形的东西影响着您。您严肃地询问我们有关坦克的停放场、驳船队、卡车、火车站和站里的火车的情况，似乎我们的回答还有什么价值。我甚至感到您流露出的虚伪，这令人反感。

　　"错了！你说错了！从飞行员的位置看过去能一目了然。"

　　然而，阿利耶斯指挥官，您说得没错。

　　我从阿拉斯上空俯视人群，我必须对他们负责。我与我碰撞上的人才和我相关，我只理解我支持的人。如果我根部的水源断绝了，我将不能存在。我是这个人群中的一份子，这个人群也包括我。我在 200 米的高空中以 530 公里的时速飞行，现在我已经降到云层下面。我透过茫茫的雾霭保护着这个人群，仿佛顿时可以清点和汇拢他的羊群的牧羊人，而我们便是那羊群。这个人群已不仅仅是一个人群，它还是一个民族。没有了希望，我将变成怎样？

我们虽然失败过，但却感觉像走出了圣地，怀揣着一种严肃而持久的欣喜。我被支离破碎地包围着，然而，却像一个胜利者。如果你完成任务归来，你难道不会认为自己是胜利者？佩涅恪上尉给我描述了他今天上午的飞行经过："当我感觉有一门自动火器射得太准时，我就改变方向，以最快的速度向它直扑过去，贴近地面时，我扔出一梭子弹，立刻扑灭了这微弱的红光，就像一阵风就将蜡烛吹灭似的。0.1秒之后，我像一阵龙卷风，飞过那个火炮小队的上空……那门火器犹如爆炸了似的！那些炮手和副炮手跌跌撞撞，往四处逃窜。我好像是在玩九柱戏。"佩涅恪爽朗地笑了。胜利的佩涅恪上尉！

我明白，任务甚至将迦佛耳的那位机枪手的模样都改变了，漆黑的夜里，80门大炮织成的天罗地网网住了我，我仿佛是举行婚礼的士兵，从刀枪架起的拱顶下走过去。

"调整到94度，我建议。"

我们正位于塞纳河的上空，杜台耳特刚刚已确定。我往100米处降落。大地向我们猛扑过来，携着530公里的时速。宽阔的长方形苜蓿地或麦田，还有一片片三角形的森林正迎向我们。我看着船头上一块淌凌冰块，它不知疲倦地分离着，我竟奇异地感觉到一种肉体上的愉悦。我看到塞纳河就在我眼前。当我斜向从河上穿过去时，飞机闪避了，仿佛在那儿在旋转运动。这个动作带给我愉悦，就犹如长柄镰刀从草上柔软地扫过。我安稳地坐着，我是飞机上的老板。油箱功能正常，我从佩涅恪那儿赢了四张A，然后与恪耳戴下象棋又赢了。我是赢家，我就是这样。

"上尉……他们的机枪在扫射……这是禁区了……"

他只负责导航计算。我是对的，不应受到指责。

"他们的火力猛吗?"

"他们在疯狂地射击……"

"我们可以绕过去吗?"

"啊! 没必要……"

听语气好像信心十足。对经历过暴风骤雨的我们来说,自己人的防空炮火就像绵绵春雨,没有什么可畏惧的。

"杜台耳特……您清楚……假如被自己人打下来,那将有多愚蠢!"

"……他们只是演习一下,打不下来任何东西。"

杜台耳特的语气十分苦闷。

但我不苦闷。我非常高兴。我真希望能对那些人说:

"啊……很棒……射得像……"

看呢,这家伙还没死! 我看到我的机枪手,他还未曾积极表现出他的存在。他经历了整个冒险过程,并没有感觉到需要和我沟通。在大炮最猛烈地攻击时,他才发出"啊! 那儿! 那儿!"的呼喊声。不管怎样,这算不上是他内心的秘密。

然而,这是他的专长:开机枪。这些专家们,如果谈起专业方面的知识,我们就无法阻拦他们讲话的权利了。

我必须把这两个世界对立起来:飞机的世界和地面的世界。我刚把杜台耳特和机枪手带到允许的范围中。我们看到了燃烧着的法兰西,看到了闪烁着波光的大海。在高空中我们缓缓衰老。我俯下身子,面对着远方的一块土地,如同俯首观看博物馆的橱窗。阳光下,我和敌人歼击机的尘埃一赌输赢。然后,我降低了高度,向火场扑去,至此我丧失了一切。此刻,我对自己有了进一步的了解,所学到的比十年的沉思默想还更多。我总算逃离了这生活了十年的隐修院中……

现在,这条公路也许是北上阿拉斯时飞过的那条公路,那支部队我们再次相遇时,他们最多只前进了 500 米。

就在他们将一辆坏了的汽车搬到壕沟，或换掉一个轮子，或停滞不前地不断敲击方向盘，以便清理掉一条横向道路上残留的垃圾时，我们已回到中途站。

我们跨越一切的失败，就像那些朝圣者，尽管在沙漠中跋涉，但并不感觉到辛苦，因为他们的心早已飞到了那座神圣的城市。

黑夜渐渐降临，这乱哄哄的人群困在了灾难的囚笼中。人们乱成一团。它在乎呼喊什么？然而，它令我们向伙伴们奔去，甚至我似乎觉得，我们正急匆匆奔赴一次节庆活动。犹如一间普通的小屋，假如它在远处闪烁着灯光，就可以将最寒冷的冬夜变成圣诞节的平安夜。在那儿，我们将受到款待；在那儿，我们将共进晚餐。

这一天已经冒够了险，我感到很幸福，同时感到很疲惫。我丢下射满弹孔的飞机，将他们交给机械师们；我将脱下沉重的飞行服，你知道在这时，天色已晚，不能再同佩涅恪喝上一杯了，我只好与伙伴们共进晚餐……

我们回来晚了。如果伙伴们中间有迟迟不到的，一般是不会再回来了。他们晚了吗？太晚了。他们已经身陷不幸！黑夜将他们抛进了永恒。用餐时，机组在清点牺牲者的人数。

死者在回忆中得到美化，人们将永远不会忘记他们灿烂的微笑。放弃了这一优待的我们，将像魔鬼和偷猎者一样悄悄地冒将出来。指挥官那往嘴巴里塞面包的手将停在半空，他会望着我们。他也许会说："啊！……回来了，你们！……"伙伴们沉默了。他们似乎不敢瞧我们一眼。

在此之前，我不太尊敬大人，我知道我错了。他们绝不会太老。阿利耶斯指挥官！在回来的那一刻人们还是很天真：

"回来了，你是我们中的一员……"大家默不作声，因为羞愧。

阿利耶斯指挥官，阿利耶斯指挥官……于我而言，你们中间的这种默契，就像对盲人而言的炉火。盲人在坐下后伸出双手，但他并不知道内心的愉悦从何而来。完成任务回来后，我们得到的是不知其滋味的酬劳，显而易见，这种酬劳就是爱。

我们无法得到其中的爱。平常我们所想象的爱是疯狂动人的，然而在这儿，我看到真正的爱：由一张使人发生变化的关系网带来的爱。

二十四

我问农夫有关于我飞机上仪器数量的问题，他答道：

"我并不了解你那摊子事。但我敢确定，你飞机上的仪器损失了很多，损失了那些能让我们赢得战争的零件……你想和我们共进晚餐吗？"

"我已经吃过。"

可他依然让我坐下，坐在他的侄女和妻子中间：

"侄女，往那边去一点儿，给上尉腾个地儿。"

我觉得我不仅仅和我的同事们的命运联系在一起，且还通过他们将我与祖国的命运也联系在一起。爱的种子一旦种下，就会生根，就会发芽。

农夫在默默地分发面包。白天的忧虑使他变得更加崇高。他也许是最后一次，像做一件庄重的事情一样，分发着面包。

那时，我想起四周的田野，制造面包的材料是从哪儿出产的，明天就可能被敌人侵占了。认为士兵给这儿带来了喧闹是错误的！大地没有边际。在这里，进攻的敌人或许只是个孤独的哨兵，还未融入远处辽阔的田野，只是麦田边缘上的一个灰点。表面上看来，这好像没什么关系，但一个点就已经足够了，即使是一个人，所有的事情也能发生改变。

一阵风掠过麦田，就像吹在大海上，卷起一阵麦浪。然而，从麦田里吹过的风，如果我们觉得场面更庄严，那是因为它一边席卷麦田，一边清点财产。它可以保障我们未来不至于忍受饥饿。它犹如是一个丈夫，爱抚地摸着妻子的秀发。

明天，这麦田也许发生变化了。麦子不再是粮食了。养人不同于养牲畜。面包起着巨大的作用！我们吃面包时，发现了将人联系在一起的工具，由于我们在一起分享面包。从面包中我们认识到职业的崇高，因为面包是用汗水换来的；从面包中我们明白了同情的含义，因为我们在穷困时知道分发面包，共享的面包味道就是不一样。如今，这精神食粮的全部力量，诞生于这片麦地的精神食粮的一切力量，正处于即将失去的危险中。明天，农夫在掰开面包时，也许不会请大伙儿一块用餐了。明天，或许面包不会再引来这样的关注。有的面包就像油灯里的油，燃烧了自己。

我仔细打量着农夫的侄女，她长得很漂亮，我心里想道：由于她的存在，面包变得更可爱娇羞和沉寂温馨。可是，同是面包，在一望无垠的麦田里，就犹如一道灰痕。明天，它即使还能点燃这种灯，也不会再有这样的火焰。面包最基本的功能已经发生变化。

为维持某种闪光的品质，我奋斗，这比拯救物质食粮还要急切些。为我家面包的特殊光亮，我奋斗！这个神秘的小姑娘，她最令我受感动的，并非物质的外表，而是面部线条之间无法用语言形容的联系。它犹如写在书页上的诗，而并非书页。

她觉察出了我的观察，抬起眼睛看向我。我看到她对着我微笑……那笑容就像池水上的涟漪，撩动了我的心。我隐约觉得它属于这儿，而不是属于其他地方的心灵。我内心平静。我想："这是世界的沉寂和静谧……"

我看到闪烁着亮光的麦子。

在神秘的气氛中，侄女的脸似乎很光洁。农妇轻声叹息，环顾一圈，又陷入了沉默。农夫想着明天的生计，也沉默了。没有谁开口说话，我们的心就像富有的农庄一样，丰富但同时正面临战争的威胁。

一种奇怪的感觉，显而易见，使我意识到我要对这些粮食负责。我从农庄走出，缓缓前进。我怀着这种责任感，它很轻，我感到十分幸福，就像怀中抱着个入睡的孩子。

我曾对自己说，"我要与农庄进行心与心的交流"，可是我却无话可说。我就犹如挂在树枝上的小果实，我只想着我的树。几小时过去了，不安的情绪也渐趋平静，我感觉已与家人团聚，我是他们中的一份子，他们是我的家人。农夫在分发面包，这是分享，不是赠送。相同的麦子在我们身上流动着。农夫的面包并未减少，反而增加了，因为他分享的是最好的面包，他的面包成了大家的面包。今天黄昏，因他们我要去飞行，去执行战斗的任务，我和我的飞行大队都没有给他们任何东西。我们的牺牲是他们的战争的需要。我理解霍希代在战争中为什么没发表些豪言壮语，就犹如一个为农庄打铁的铁匠。

"你的职业是什么？"

"我是铁匠，在这个农庄。"他快乐地把弄着活儿。

倘若我现在心存希望，但他们却非常失望，那我也不清楚自己是失望还是怀着希望。我是他们希望的一部分。显然，我们已经战胜。一切谜底都未揭晓，一切还在崩溃。然而，我依旧表现出一种胜利的平静。这真是些自相矛盾的话？我并不在乎什么。我与佩涅恪、霍希代、阿利耶斯、迦佛耳都一样。我们只想用沉默来为这种胜利的感觉正名。可是我们必须负起责任。没有人会感到既肩负着责任，又失去了希望。

溃败……胜利……这些词语我并不常用。胜利使人振奋，失败令人烦恼。失败者低迷，胜利者醒悟。生活不是通过状态来表达的，而是通过活动。我坚信，胜利只能蕴含在种子的能力中。广袤的黑土地上播撒下种子，那已意味着胜利了，想看到它在麦田中结出果实，还需要再等一段时间。

今天早晨，一支分崩离析的军队之外，还有乱哄哄的人群。然而，假如这些乱七八糟的人群团结起来，不再乱哄哄地吵闹。散乱地分布在工地上的石头，看起来似乎杂乱无章。人也一样。我不担心散乱的辕木，如果它底下有种子，种子就会使它变成建筑材料。

　　不管是谁，只要喜欢思考问题，就会变成种子。不管是谁，一旦发现一个显而易见的真相，人们都会扯着衣袖将事实告诉他。发明者会立刻炫耀他的发明。我不清楚霍希代如何炫耀自己，或者如何行动，可我没有一点儿着急。他自会冷静地对四周的人宣扬他的信念。我清楚地看到胜利的原则，一个在教堂中坚定地管理圣器室或修理椅子的人，他已经是胜利者。可是，不管是谁，只要心里计划着待建的大教堂，就是胜利者。爱是胜利的种子。惟有爱才能辨认需要塑造的脸庞。惟有爱才能控制它。智慧真正的价值在于为爱服务。

　　雕塑家要完成他的作品是一项很艰巨的任务：倘若他不明白该如何塑造，那不成问题。一下下地捏，不停地修正，解决不断冒出的新问题，他会将从这黏土中塑造出一个艺术。智慧与判断都不具有创造性。倘若雕塑家只有技巧与智慧，他那双手就失去了创造

　　关于智慧的作用方面的错误观点，已经占据我们的心灵很久。我们忽视了人的存在，认为那些灵魂卑贱的人能用精湛的技术来协助我们伟大的事业的完成，认为那些精明的自私者能够激励牺牲的精神，认为残酷的人通过演讲就能建立友情与爱的世界，但是我们忽略了人的本质。不管怎样，雪松的种子最终会长成雪松，而荆棘的种子只能长成荆棘。从此刻起，我不会再依照判断决定的公式去判断人，不会因他们的誓言而上当。我不清楚那些返家的人，到底是因爱家人还是要回家打架。我心里暗想："他人品如何呢？"只有在那时，我才明白他偏向哪方面，他将去哪儿。前进的地方往往是我们心向往的。

　　阳光的照耀下，幼芽总能发芽。真正的哲学家，不会受到阳光的干扰，也不会在混乱中无计可施。我忘不了敌人给我的教育。如果要包抄敌人的后方，装甲部队应选择从哪个方向呢？他不回答。装甲部队应是什么样的？它应该具有如大海般冲击堤坝的力量。

　　应该干什么呢？做这件事，相反，或者其他事情？压根就不存在未来

决定论。该成为怎样一个人呢？这是个基本问题。因为惟有精神才能武装智力，是精神使智力孕育出未来的作品，智力只是使作品渐趋完美。人应该做什么，为做第一只帆？方法不简单。一言以蔽之，需要上千次的探索。这个人应是一个怎样的人？抓住创造的根本是当务之急。他应该是一个生意人或士兵，因为眷恋远方的故乡，他会招聘工人，再鼓舞技术人员，有一天，就能将帆船放入大海！应该怎样做才能摧毁整个森林？唉，这就更困难了……由谁来完成呢？回答是火灾！

我将在明天走进黑夜的生活。再到白天时，我希望我的国家依旧健在！为拯救它，我们应该做什么呢？如何去寻找捷径？需要时常使我们自相矛盾。最根本的是拯救精神遗产，失去它，种族特性也将不存在了；最根本的是拯救民族，失去了它，就无所谓遗产了。哲学家，由于没找到调和两种援助的语言，所以就想放弃灵魂或肉体。我瞧不起哲学家，希望有一天我的国家能将精神和肉体都完好地保存下来。为了我们的国家，我时刻都充满热情，为行动时把握好这个方向。如果这个方向没有错误，那么所经的路上必有大海的存在。

不要怀疑，相信我会去拯救的。我明白对盲人而言，火的样子意味着什么。倘若盲人向火走去，那就说明他有需要火的欲望。火已控制了他的行动。倘若盲人寻找火，那就说明他已经找到了它。与此相同，假使雕塑家在乎黏土，那他就能雕刻出艺术杰作。我们也是如此。当我们感受到团结的力量时，我们就已经成为胜利者。

我们已经认识到团结一致的价值和意义。因此，定要将我们的感受说出来，一边在那儿重新集合。这是语言与认识的奋斗。但是，为了不出现丝毫的损失，我们也必须对面前的逻辑陷阱、诈骗和论战充耳不闻。无论怎样，我们都不能放弃我们的本质。

于是，从阿拉斯上空执行任务归来后，那是个宁静的乡村夜晚，我靠在墙上，开始强迫自己制定一些简单的规则，一些我永不背叛的规则。我明白，通过这次任务的完成，这规则渐趋清晰。

　　我是他们中的一员，所以，无论他们做什么，我都要承认他们。在别人面前批评他们的事儿，我绝不会做。倘若我能够保护他们，我也会保护他们的。假如他们让我受辱，我也只在心底深藏这耻辱，而绝不会说出去的。无论我对他们有何意见，我绝不会肩负证人的责任。一个丈夫绝不会挨家挨户地宣传他妻子的品行不端。因为他和他妻子是一家人，毁谤妻子并不能达到抬高自己的目的。只有在家中，他才有权宣泄自己的愤怒。

　　所以，尽管溃败使我备受屈辱，但我无法推卸这责任。我是法兰西人！法兰西养育了许多雷诺尔、帕斯卡、巴斯德、桂尧美、霍希代，但它也哺乳了懦夫、政客和弄虚作假者。我认为，凭借名人和好人来否定与坏人的关系，那真是轻而易举的事。

　　溃败将人分化成不同类别。死亡威胁着失败，失败分化既成的东西。将灾祸的责任推给与我观点迥异的自己人是不对的，我也献身于这分化。这些无所谓法官的诉讼不会使我们得到任何利益。我们都是失败者。霍希代没有推卸失败的责任。他想道："我——霍希代是法兰西人。如果我软弱，我的法兰西也软弱。我与法兰西共强弱。"霍希代知道，倘若他将自己人当成护身的盾牌，那他只是保住了自己的颜面，而他从此之后将不再是一个家庭、一个飞行大队和一个国家的霍希代了。他将只是某个荒漠里的霍希代。

　　倘若我领受我的家带来的屈辱，那对我的家庭我就能采取行动了。它属于我，就如我属于它。倘若我不承认屈辱，那整个家庭就破裂，我也将孤单一人，即使潇洒得意，我也会比一个死人更寂寞。

　　为了生存，必须首先负起责任。可是，就在几小时之前，我依然感到茫然和痛苦。但现在，我的判断渐渐清晰，我不会再埋怨其他法兰西人。从我心里装下法兰西开始，我就不再赞成法兰西埋怨世界了。每个人都要对整体负责，法兰西也须对世界负责。法兰西原本可以为世界做出团结一致的表率作用，法兰西原本可以成为世界的中流砥柱。倘若法兰西有它的救助者、它的威望和影响，全世界就能通过法兰西来反抗乐。从现在开始，我不再怪罪世界。倘若法兰西做不到的话，它应该从精神方面起到自己的作用。

法兰西本可以将力量集结在它周围。我的 33 大队第 2 中队曾自告奋勇，作为志愿者先后捐躯在挪威和芬兰的战场上。对我们中队的官兵而言，挪威与芬兰意味着什么？我时常产生这种想法，他们似乎愿意为吃圣诞节的蚕豆而死。他们认为，拯救全世界是一件值得牺牲的事儿。我们似乎是世界的圣诞礼物，世界会因我们而得救。

世界各国人民在精神上的一致性，对我们来说，并不存在什么价值。但是，在世界上建立个人的集体，我们不仅拯救了自己，同时，还拯救了世界。我们没完成这一任务，每个人都要为整体负责，而且都是唯一的负责人。每个人都是惟一的、对整体负责的责任人。我不久前才搞清楚，由此产生的是由我主张的文明，或依附于宗教的一个秘密："对所有人的全部罪孽负责……"所以，我们每个人都得对所有人的罪孽负责。

二十五

谁说这是弱者的看法？司令是负起全部责任的人。他说"我失败了"，而不是说"我的士兵失败了"，真正的人才这么说。霍希代会说：这是我的责任。

我知道谦逊的真正含义。它是行动的标准，而并非贬低自己。如果说，这是为了原谅自己，我用天意来解释我的不幸，我就是这个天意的顺从者了。如果我用背信弃义来解释，我自己就是这种背叛。然而，倘若我承担起这个错误的责任，我便是在寻找回我作为人的力量。对我之所属，我可以施加影响。我是人类共同体不可缺失的一部分。

因此，为使自己有所作为，我还要与自我进行斗争，还需要一番艰难的跋涉，必须分辨出自身可以战胜和获得成长的一些东西，必须经历一个困难的过程。我不明白进入我脑海中的这个形象有何意义，可我还想道：人生无非是一条道路，重要的是走这条道路的人。

我已不能满足于通过论战得出的真理。指责那些小人物没有意义，他们无非是一些道路和通道。我已经无法汇报我那几挺机枪被冻住的情况，是由于有关人员的玩忽职守，或者是出于个人主义而缺少集体感？溃败显然反映在个人的破败上。然而，文明可以将人们揉搓在一起。假如我所依靠的这个文明遭到个人主义的威胁的话，我有权问它为何不把他们揉成别的模样。

文明如同宗教一样，如果它埋怨信徒们的软弱，那就意味着他自己的软弱。它应该鼓励他们。可是，我的那个文明，它曾经受过考验，曾使它的使徒们充满热情，曾粉碎过强暴，曾从奴役中将民众解救出来，但今天却已不再具有激励和令人向善的作用了。假如我希望寻找造成失败的根源，如果我幻想重新振奋起来的话，首先，我得寻找到我自己失去的原因。

由于文明的情况和小麦的情况相似，小麦为人提供营养，可是，人也拯救小麦，将麦种贮藏起来。种子的保存受到重视，一代代小麦传承下去，就像人类遗产一样。

对我来说，单明白我想要的是哪种小麦还不能够使它长出来。倘若我希望拯救某一类人以及他的能力，我还得拯救缔造他的准则。

然而，假如我保留下我向往的文明的形象，我便失去了传递它的规则。我发现今晚我使用的词语竟无法涉及最基本的东西。我这般大讲特讲民主，却未想到我以此来陈述关于人的品质和命运的看法，并不是总的规则，而是全部的希望。我希望人们博爱、自由和幸福。这是理所当然的，我的观点有人不赞同吗？我明白说明人应该是"怎样"的，而并非他应该是"谁"。

我曾经说到人的共同体，却没有明确那些词语。同样，我暗示气候并非不同寻常的建筑术的效果一样。我好像说到了显然的事实。显而易见，是不存在明确的事实的。一支法西斯军队，一个奴隶市场，那同样也是人的共同体。

我已不再作为创始人待在这个人的共同体中了。曾经，我享有它的平和、宽容和安逸。我一点儿也不知道别的事，除了知道我身在其中之外。我是作为信徒的或者椅子出租人的身份生活在那儿的。所以，我是寄生虫，也是失败者。

同样，轮船上乘客不能给予船舶些什么，只是使用而已。他们在各个船舱的房间里藏身，在那里，享受优美的环境，继续他们的游戏。在无情的大海上，他们压根不了解船舶所受的压力。倘若风暴吹毁了他们的轮船，他们压根就没有权利去抱怨。

如果那些人会退化，如果我已经战败，我有什么资格去埋怨呢？

但愿我向往的文明人都具有标准的品质，我相信这个标准是存在的。他们应当建立具有重点的特殊团体。它是一个原则，以前一切都源自这个原则，并从此长出树根、树干、树枝和果实。它是什么样子的呢？它是埋在人们松软肥沃的土壤里，它是蕴藏着生命力的种子。我能够成为胜利者，惟有依靠它的存在。

我发现，在这奇特的乡村之夜，我懂得了很多事理。宁静拥有非凡的力量。即使是最轻微的声音，也能像钟声一样充满整个空间。没有什么对我来说是陌生的。牲畜的叫唤，远处的呼唤，还有关门的声音。这一切似乎都与我自身有关。我不得不立即抓住这即将消失的感觉……

我认为，这是因为阿拉斯的炮火……炮火炸毁了这儿的外壳。整整一天，我似乎一直在为这个住处准备着。我大不了就是个爱唠叨的主管，就是这么个人。然而，真正的人也出现了。他坐在我的位置上，这就是事实。他瞧了眼乱哄哄的人群，他看到了一个民族，他的民族。人，这个民族和我的一致标准。这就是当我奔大队时感觉自己像奔向熊熊的炉火的原因。人透过我的视角观望人，同事们都赞同的标准的人。

这就是那个标志？我差点儿就迷信那些标志了……今晚的一切似乎都具有某种息息相关的默契。每个声音都犹如是一条信息，清晰而又模糊。我听到了一个安详的脚步声，它打破了宁静的夜空：

"嗨！上尉，晚上好，……"

"晚上好！"

我们并不相识。我们俩问好，就像从这条船到那条船，船夫和船夫之间的一声"嗨"。

我又一次感受到某种神奇的亲情。今晚，潜藏在我心底的那个人，没尽头地向我列出他的人来。人，各民族和各种族的一致标准……

携带着他的忧虑、思想和形象，带着封闭在他心里的属于他的全部物品，那个人回家去了。我原本可以走到他面前，和他畅谈一番。漫步在白色的乡间小路上，我们可以互相交流一下我们记忆中的某些人。就像从海岛上返回的商人，见面时互相交换宝贝一样。

在我那个伟大的文明里，和我观点迥异的人不但不会对我造成伤害，且让我变得更加充实。我们的团队是以人为基点的。所以，我们晚上在第33大队2中队的争论，不仅仅对我们之间的手足情谊毫发无损，而且还支持这种情感，由于没有人只想听到自己的回音，抑或是只照镜子。

从这个人身上可以看到，法国的法国人，挪威的挪威人。在不自相矛盾的前提下，人们将他们集合在一个团体里，同时，这使他们独特的习俗渐趋完美。树也是以一些树枝来表现自己的。所以，在那边，倘若有人在描述关于雪的故事，倘若有人在荷兰种植郁金香，倘若有人在西班牙的安达卢西亚即席演奏，因此，这一切大大充实了我们这些人的生活。也许，这就是我们飞行大队的人为什么愿意为挪威战斗的原因吧……

我觉得我已经走在漫长的朝圣之路的尽头。我没有发现任何东西，然而，就犹如刚从睡梦中醒来，又看到了那些我不想再看到东西。

我所崇尚的上帝那儿的文明，它是建立在某些人对人的崇拜的基础上。几个世纪以来，这个文明竭力突出人的因素，就像它曾教我们如何在乱石堆里辨认出大教堂一样。它曾为那个俯临于个人之上的人大肆宣传……

我所崇尚的上帝那儿的文明，它不是通过人来下定义的，而是通过文明来给人下定义。在它身上和在其他存在物身上一样，具有某种无法用构成它的物质来解释的东西。一个大教堂和一大堆石头压根就不是一回事。大教堂属于几何学和建筑学。不是石头给大教堂下定义，而是大教堂用它自身的意义使石头具有了丰富的意义。因被用于建造大教堂，这些石头地位变得高贵了。各种石头都是服务于它的总体。教堂，甚至连最奇形怪状的檐槽喷口，全都受到圣歌的赞美。

　　然而，我渐渐忘记了我的那些真理。我觉得"人"代表了全部的人们，就犹如一块石头代表了所有石头。我混淆了大教堂和全部石料的概念，因此，遗产便渐渐消失了。我们应该再次修复这个"人"。这是我欣赏赞同的文化的精粹，这是我欣赏赞同的共同体的重要东西。它是我欣赏赞同的胜利的本质。

二十六

　　每个人都遵从社会既定的规则，那么，建立和谐的社会秩序就不是复杂的事儿，如此一来，就造就了一些毫无怨言、百依百顺的盲目之徒，使它接受一个主人。可是，这种成功并是不明智的，它无法拯救人类，无法让他们把握自己的命运。

　　那么，什么是解放呢？倘若我在沙漠中救助了一个失去知觉的人，那他的自由又有什么价值呢？自由就是让"某个人"到某个地方去。解放这个人就是在他感到口渴时给他指一条通往水井的路。加入他自己知道该往哪儿走，那就没有任何意义了。一块石头没有了重量，解放它也丝毫没有意义。因为石头即使获得了自由，也不可能跑到哪儿去。

　　可是，我所崇尚的上帝那儿的文明，它希望建立的人和人之间的关系，是一个人对"人"的崇敬。人们不再盲目于自己和别人的行为，不再循规蹈矩地遵从旧习俗，而是自由发挥爱。

　　没有重力的路，解放了石头；爱的无形斜坡，解放了人。我所崇尚的上帝那儿的文明，希望使所有的人，都成为同一个王子的使者。它将个人当作比其自身大的路或者通道，它曾经提供磁化的方向，为他上升的自由。

　　我明白这个力场的来由。近几个世纪，我崇尚的文明从人的角度观察上帝。人依照上帝的形象来塑造自己。人们通过人体敬畏上帝。上帝认为，人和人是兄弟，上帝的这种反映使所有的人获得了不可剥夺的尊严。

显而易见，人和上帝的全部关系，取决于每个人对自己与对他人所尽的义务。

我所崇尚的上帝那儿的文明，它继承了基督教的价值观。我曾经思量过大教堂的建筑，目的是更好地领会它的建筑技术。

上帝面前人人平等。这种平等具有确切的含义。由于，人的平等只能在某些方面才能实现。在民族中，士兵与上尉是平等的。如果这种平等没有维护的力量，那么，平等就等于一句没有任何意义的空话。

我非常明白，这种平等是上帝在人的身上实现的权利的平等。它不允许限制个人的升迁，上帝具有权利选择是否将它当作路径。但是，由于它同样是上帝对于全体个人权利的平等，这就使我懂得了了不管是谁都必须遵从同种职责和尊重法律得原因。表示对上帝的敬畏时，完成职责时，执行上帝的旨意时，他们都具有平等的义务。

我清晰地懂得，为什么以崇拜上帝为基础建立的平等不会产生矛盾，也不会引发混乱。如果没有统一的标准，就可能有引出蛊惑人心的谣言，此时，平等的准则将退化成了一致的准则。此时，士兵会拒绝向上尉致敬，因为士兵对上尉致敬，就是尊敬个人，而不是对整个民族的尊敬。

我从上帝那儿继承来的文明，使人们在这一点上实现了平等。

我明白了人与人之间互相尊敬的原因。学者应该尊敬运煤工，由于他尊敬运煤工，就是尊敬上帝，因为运煤工同样是"使者"。不论学者多么高贵，运煤工多么普通，不论他是什么人都无权将另外一个人变成奴隶。人们不会轻视使者，人和人相互尊重就不会造就普通人、笨人和无知者的卑躬屈膝，由于大家具有尊敬上帝的"使者"的品质。因此，对上帝的爱，让人和人之间建立了一种崇高的关系，建立了个人品德，就会让各种事情像使者和使者之间那样得到和谐处理了。

我所崇尚的上帝那儿的文明，它是通过个人建立了人和人之间互相尊重的关系。

　　我明白人和人之间的友谊是如何建立的。上帝认为，人和人是兄弟。只能在某些方面，人和人才能变成兄弟。倘若没有一个连接点将他们连接在一起，人和人是平等的，不是依靠连接建立的。人不会只是单纯的兄弟。我和我的同事们只在飞行大队里是兄弟。在法兰西，法兰西人是兄弟。

　　我所崇尚的上帝那儿的文明，因为继承了上帝的事业，使人们建立了亲如兄弟的关系。

　　我清楚对我宣讲的施舍的义务的意义。施舍是通过个人代上帝效劳。无论一个人普通还是伟大，他都是上帝的子民。这种仁善不会给受益者带来任何屈辱，也不必将他捆缚在感激的链条中。要知道，善良不是赐予他，而是用来赠予上帝的。这种仁善绝对不是赠给普通人、笨人和无知者的。医生应为治疗最平常的鼠疫患者而贡献力量，他是为上帝效劳。在小偷的床榻前，他守了整夜，还没合上过眼睛，但他不会因此而降低了自己的身份。

　　我所崇尚的上帝那儿的文明，它继承了上帝的事业，如此这般进行施舍，以通过个人向人作出贡献。

　　我深刻地理解个人所谓的"谦逊"的含义。谦逊不会降低人的身份，它只会抬高人。它表现出他的"使者"的价值。与此同时，它使人通过他人尊重上帝，它使人学会尊重自己心中的上帝，做一个上帝的使者，为上帝服务。因为成长的需要，人们忘记自我。由于，个人一旦认识到自己的重要而洋洋得意，那条大路立刻就会成为阻挡前进的墙。

　　我所崇尚的上帝那儿的文明，它继承上帝的事业，还弘扬尊重自己，这就是通过自己尊重别人。

　　结尾，我还明白了，上帝的爱能使人和人之间彼此负责的原因，以及我们将怀着"希望"当作应该具备的品质的原因。由于希望使所有人都成为了上帝的"使者"，人们的手中都捧着对大家的尊重。没有人有权利失望，由于"使者"比自己崇高的地位。失望是对心中的上帝的背叛。希望的责任完全能够这么理解：

　　"你自认为自己非常重要吗？你果真自命不凡啊，竟然还会失望！"

　　我所崇尚的上帝那儿的文明，由于它继承了上帝的事业，让人们对所有的个人都负责，对每个人负责。个人应该为拯救集体而献身，然而要明白，这儿说的绝不是愚昧的计数问题，而是个人对人的尊重。事实上，我崇尚的文明之所以伟大，是由于它宣扬 100 名矿工应该冒着生命危险去救一名被埋的矿工，他们挽救的是人。

　　受这个启发，我知道了自由的真正含义。它从种子的立场，树的成长过程中释放出来，它是人升迁的条件，它就好比是东风，帆船正是借着东风自由自在地在大海上航行。

　　一个这样培育出来的人，具有树的能力。有不能满足它的根的空间吗？为使它在太阳底下茁壮成长，它必须吸收所有优良品德！

二十七

　　但是，我搅浑了这一切。我挥霍了遗产，我破坏了人的概念。

　　然而，为了通过人来挽救一位君主的信仰，及这个信仰建立起来的人与人之间的高质量关系，我的文明已经耗费了许多的能量和才华。"人道主义"的所有努力都是为了这个目标的实现。"人道主义"阐明了人对个人具有优先权，并劝导个人加入人的行列。

　　但是，当我们说起人的时候，就不能说出尽如人意的话语了。这个人和人们是两回事。倘若我们只谈到石头是如何如何，那就丝毫没有涉及到有关大教堂的实质性的东西。倘若我们竭力追求以人们的品德来为这个人下定义，也压根就没有涉及到这个人的实质。曾经，"人道主义"就这样向着一个不能前进的方向努力过。它曾尝试通过某种合乎逻辑和伦理道德的推论来抓住人的概念，且将它灌输到人的意识当中。

　　所有口头阐述都绝对代替不了思考。存在的一致性是超越于语言描述的。倘若我希望教育某些人要热爱自己的祖国，抑或是热爱一个地区，我不具有任何可以打动他们的理由。一个地区是由农田、牧场和牲口构成的。当个人和所有的人在一起时，他所充当的角色就会使他们充实起来。然而，在这个地区中，还有一些东西在物质分析之外，由于会有一些领地主人，因为对他们的领地的爱，宁愿破产也要为了保住这块领地。恰恰相反，是这个"某种东西"以一种特殊的品质使物质更加高贵了。它说的是一个地区的牲畜、牧场和田野……

　　因此，我们建立了某个国家，创立了某种职业，树立了某个文明，培育了某种宗教的人。然而，如果要成为一个这样的人，首先得在自己心中树立这样的形象。况且，如果对祖国不存在任何情感，那也就没有任何言语可以表达这种情感。我们只能通过采取某种行动，将这种想象树立在心中。要成为这样一个人，光靠一张嘴是不行的，必须实施实际行动。我们的人道主义忽视了行动，它搁浅在尚未施行前。

　　最重要的行动，在这儿获得了一个名字，它的名字叫牺牲。

　　牺牲并不等于着减弱，抑或是苦行。它最根本的还是一个行为。它是自我牺牲。惟有那样的人，他才能理解值得自己献出生命的领域，他将为保卫它而斗争，为美化它而历尽千辛万苦。那个时刻，他才会热爱自己的家乡。一个领域并非利益的叠加，这就是错误所在，它应是奉献的总和。

　　此前，只要我的文明还信仰着上帝，它就能在人心中保留这个观念：把上帝放在心底。人道主义忽视了牺牲最重要的价值，曾经，它认为能够借助语言而并非行动来培育这个人。

　　为了通过个人来挽回人的形象，惟能用美化过的人。我们滑到危险的斜坡上去的概率是很高的，就如同我们有一天可能将人和一般人搞混淆。我们极有可能会混淆我们的大教堂和全部的石料。

　　我们会逐渐丧失遗产。

　　我们并不是通过一般人来反映人的权利，但却说起了集体的权利。正如我们所看到，忽略人的团结精神正悄悄地被某种寓意引发了。这个寓意明确地指出个人应为团体做出牺牲。由于没有言语的手段，它已经无法解释，一个团体也应为某一个人做出牺牲的原因，以及一千个人可以为了从不公正的牢房里解救一个人而献出生命的原因。我们记得过去曾发生这样的事儿，只是如今逐渐地忘记了。然而，因为这个原则，我们就与白蚁巢明显不同，它显示了我们的崇高。

　　因为缺乏行之有效的措施，我们已从以人为本的人道，渐渐堕落到这个建立在个人的总和上的白蚁巢。

　　我们如何去反对国家和群体的宗教呢？我们这些从上帝那儿产生的人，他的伟大形象都成了什么样子呢？倘若他还可以通过没有丝毫价值的空话来认清自己，那也是似是而非的了。

　　遗忘这个人的过程，使我渐渐地将伦理道德的范围局限在个人的琐碎问题上了。我们要求每个人尊重他人的利益，要求每块尊重其他石头。这是理所当然的，在它们被横七竖八地堆放在工地上时，互相之间是不会利益冲突的。但是，它们却损害了原本已经由它们建立起来的大教堂，同样，也损害了大教堂赋予它们的价值。

　　我们坚持不懈地宣扬人人平等。可是，从我们遗忘人开始，对我们所讲的东西就已经完全没意义了。因为不了解平等应该建立的基础，我们于是对它作出了一个模糊的确定，对于它，我们也遗忘了使用方法。从个人的层面上来说，如何在文明人和野蛮人之间，笨蛋和天才之间，给平等下定义呢？从材料的层面上来说，假如我们硬要下定义的话，平等就要求它们占据同一位置，且起着同等的作用。这真是滑稽。那样，平等的原则，就演变成同一的原则。

　　我们坚持宣扬人的自由。但是，因为我们遗忘了这个人，自由在我们口中就似乎是某种模糊的放纵，仅仅是限制人不许损害他人。这就丧失了它的意义，要知道，不牵涉到他人的自有是不存在的。作为士兵，倘若我将自己的手或脚砍断，我就会被枪毙。独立的个体是不存在的。假如有人从团体中退出，他就损害到了这团体。伤心的人一定会影响他人的心情。

　　如此领会自由，我们绝对可能会遭遇到难以逾越的鸿沟。因为不了解在什么情况下确定我们的权利是有效的，在什么情况下它又是无效的，我们逃避似的闭上了双眼，只为保全一条模糊的原则，虽然整个社会给我们的各种自由带来数不尽的束缚。

　　至于"仁善"，我们甚至没有勇气加以宣传了。事实上，以往为种种存在奠定基础的牺牲，当它以人类的形象为上帝增光添彩时，曾使用"仁善"这个词语。通过个人我们给了上帝，抑或是给了人。但是，从遗忘上帝或人开始，我们已经只能给予个人了。从今往后，仁善带来了许多令人不堪接受的行为。是社会应保证实物分配公平合理，而不取决于个人的好恶。因为个人的尊严，不能由于他人的慷慨赠送而落到从属附庸的地步。如果有产者不仅希望拥有自己的财产，还想获得无产者的感激之情，那实在是太荒谬了。

　　然而，最重要的是我们误解的仁善，反过来又与它的目的背道而驰。如果仁善完全建立在对个人的怜悯行动上，这将阻止我们进行任何有教育意义的惩罚。然而，真正的仁善，作为对超越个体之上的人的信仰实践，是要求与个人进行斗争，目的是使在个人身上的这个人变得更加高大。

　　因此，我们丧失了人。同时，存在于我们的文明中的爱的温暖也消失了，由于只是某一点上人们才是兄弟，而不是完全的兄弟。长久的友情不是存在于共同享乐中，它是建立牺牲的基础上的，是建立在超越自我的共同事业的牺牲中。

　　但是，我们将友情变成了相互的宽容。

　　我们不再付出了。但是，倘若我硬要说我只给予自己，而自己却没有得到任何东西，原因在于我没有为我的家创造任何，所以我不是人。倘若有人希望我为某些利益去死，我将拒绝。我要活着是我的利益的要求。我的死是否有哪种爱的冲动能会付出代价？我们会为一栋房子去死，但不会因某些东西和墙壁去死；我们会为一座大教堂去死，但不会因石头去死；我们会为一个民族去死，但不会因某一群人去死。倘若一个人是一个团体的重点，我们也将因对他的爱去死。我们仅仅因此而死，由于我们仅仅能因它而生。

　　连我们的话都已经脱离了现实，它是不完整的，倘若硬要用上它的话。为此，我们不得不对这些争论闭上眼睛。因为不了解如何建造，我们只能将那些石料乱七八糟地堆放在地上，并且极其小心地谈论着集体，没有勇气明确说出来，因为，其实，我们说了也是白说。当集体失去凝聚力时，它就只是个意义空洞的词，一个总和不等于一个存在。

倘若我们的社会还合乎人意，倘若在这个社会上的人还存在一点威望，那就是因我们的无知而背弃的真正文明，然而，它对我们依然存在影响，而且，不管我们如何反应，都要拯救我们。

我们的敌人是不可能理解我们不懂得的东西的。在他们眼中，我们只是一些杂乱无章的石头。他们曾试图给一个集体下定义，那个因我们的遗忘而模糊的定义。

某些人一上来就轻松愉快地得出逻辑推理最极端的结论。他们将这一大堆东西看成绝对的一大堆。石头应当是一样的，每块石头都只能管好自己。无政府主义记住了人的信仰，但是却严格地将它运用在个人身上，这种严格造成了比我们的还糟糕的矛盾。

其他一些人将这些散乱在场地上的石头搜集起来，他们宣扬大众的权利。这种说法并不是很理想。倘若说独裁者对大众的专横统治是不能容忍的，那么大众将一个人压垮也是不堪接受的。

还有一些人统治那些无能的石头，接着将这个总体建立成了一个国家。这样的国家根本不能超越人们，同样，它也只是一个个体的概念。它是集体的权利，但掌握在某个人手中。它是一块石头对其它石头的统治，并自诩已同化在其它石头中。这个国家明确地宣教的集体的道德，是我们现在还在拒绝的这种道德，然而，因为我们遗忘了人，我们自己也逐渐向那个道德靠拢。

新宗教的忠实信徒们，将反对多个矿工冒着生命危险去拯救被埋在地底下的一个矿工。由于，此时损害的是一堆石头。倘若这个受重伤的人拖累了加重前进的军队，他们将抛弃这个人。他们用算术的方法来研究团体的利益，算术也将控制他们的一切行动。同时，他们还将失去在超越自我中变得更加崇高的机会。他们怀着仇恨到最后，这就使他们不同寻常，因为他们身无长物。任何习俗、任何人种、任何陌生的思想都降给他们带来羞辱。他们都不具备丁点吸收的能力，由于，如果要完全接受一个人，截取他的某个肢体是行不通的，而是要将他整体表现出来，提供一个他向往的目标，且为他的能量提供一个地盘。大教堂可以吸收所有的石头，石头也在建筑大教堂时获得了某种意义。那堆石头不吸收任何东西，且由于没有吸收能力，它们还会压碎一切。它们就是如此，但是，这是谁的过错呢？

将一堆堆沉重的石头放在另一些横七竖八的石头上，我已不再感到惊讶。

然是，我是强大的人。

倘若我可以重新找到道路的话，我就是最强有力的。倘若我们的人道主义修复了这个人，倘若我们明白了如何建立我们的团体，倘若我们用上了这个唯一有效的工具牺牲去建立这个团体。我们的团体就如同我们的文明曾经建立过的那一个，也就不单单是利益的叠加，而是我们奉献的总和。

我是最强大的，由于树比土地里的所有养分都强。它吸收它们以供自己成长，最终它将它们都变成了树。大教堂远远比那堆石头要富丽堂皇。我是最强大的，原因是只有我的文明才可能团结形形色色的人。它使力量的源泉源源不断，同样，它也不断地吸收泉水。

出发前，我已想到付出之前必须收获。这是个虚妄的认识，犹如枯燥的语法课。要收获就必须现给予，就像住房前必须先盖房屋一样。

我贡献出我的鲜血，表达我对亲人们的爱，我想到母亲给予乳汁，她也在表达她的爱。问题的关键就在于，为建立爱必须做出牺牲。接着，爱还会要求其他牺牲，且用他们来换取一切的胜利。人永远都应该保持主动，他应该先出生而后生存。

执行任务返回后，我就和农场的小姑娘建立了亲属关系。对我来说，她的微笑是清澈纯洁的，我看到了我的村庄，透过我的村庄我看到了我的国家，透过我的国家我看到了其他国家。因为，我喜欢将挑选重要人物当成一件大事。我属于愿意为挪威战斗的第 33 飞行大队 2 中队。

阿利耶斯指挥官或许会在明天指派我去执行另一项任务。今天，我已穿戴整齐，为了效力于一位我一无所知的神。我看到阿拉斯的炮火毁灭了事物的外壳。那里所有的人也都看到了。所以，倘若我在黎明时分起飞的话，我将明白我继续战斗的原因。

但是，我还是希望回忆起我看到的情景。我需要一本普通的《圣经》，目的是清晰我的记忆。

我战斗，为了将平凡人变成至高无上的人——正如平凡的人就是非凡的人。

在我心中，普遍的信仰将连接起个别的财富，使之渐趋完美——而且建立起唯一真正的秩序——生命的秩序。虽然一棵树的根不等于它的枝丫，但它的成长是按照一定秩序的。

我认为，过分崇拜的结果就是死亡，它混淆了存在的统一性和它的各个部分的同一性。它摧毁了大教堂，只为了将那些石头排成一行。因此我反对，任何企图将个别习俗强加于其他习俗上的人，任何企图将个别民族强加于其他民族上的人，任何企图将个别人种强加于其他人种的人，任何企图将个别观念强加于其他观念的人。

我相信，对人的宣扬有助于建立唯一且有意义的平等与自由。我相信，通过每个人反映的人的权利是平等的。我还相信，自由是人的上升的自由。平等不是同等，自由并非撺掇个人反对所有的人。我反对宣扬受个人控制的人，抑或是为某一群个人服务的人进行斗争。

我相信，我的文明将为树立自己的权威而将支持人的牺牲当成仁慈。

施舍塑造了人，它通过平庸的个人为人做出的奉献。在一些人眼中，我的仁慈将为平凡增光添彩，继而否定人，这样就使平凡的人永远平凡，不可自拔。我反对这样的人，并且要与这样的人进行斗争。

　　我将为人类而战斗，与人类的敌人进行斗争。同时，要和自己做斗争。

二十八

我和伙伴们在午夜集合了正在听候命令。33 大队 2 中队疲惫了。熊熊烈火已成为灰炭。机组似乎还能坚持住，但是，这已经是幻想了。霍希代表情忧虑地查看他那个伟大的精密时计；佩涅恪头靠在在角落的墙上，双眼紧闭；迦佛耳坐在桌前，眼神呆滞，悬着两条腿，像一个快哭的孩子似的撇了撇嘴；阿赞布摇头晃脑，在看着书，只有指挥官还十分警觉，但是脸色惨白得吓人，在灯光下，手里拿着文件与热勒低声交谈着。但是，这种"讨论"不过是个形式而已。指挥官在讲话，热勒点着头，说道：

"是的，当然了。"他一直说"是的，当然了"，越来越专注地听指挥官说话，犹如溺水的人紧紧搂着会游泳的人的脖子。倘若我是阿利耶斯，我会不动神情地说："热勒中尉……黎明时就将你枪毙了……"接着，等待他的回答。

3 天了，机组还没有合上过眼，犹如用纸板做成的古堡一样站着。

指挥官站了起来，往来恪耳戴的方向走去，将他从梦中唤醒，或许他正在梦里和我一起下棋：

"来恪耳戴……黎明时你将要出发，任务是执行超低空飞行。"

"是，指挥官。"

"你必须好好休息下……"

"是，指挥官。"

来恪耳戴再次坐下来。指挥官拉着热勒走了，那样子使人想起用钓鱼竿钓起一条死鱼的景象。也许热勒不止三天没有睡觉，而是快一星期了。阿利耶斯就是这样，不但带领机组完成战斗任务，还肩负起了机组的责任。要知道，人的承受能力是有限的，热勒已经超过了极限。但是他们两个，会游泳的和溺水的都走了，听候荒谬滑稽的命令去了。

卫金困惑地朝我走来。他站着都能睡着，迷糊着双眼对我说：

"你休息了吗？"

我将脖子靠在沙发的椅背上，由于我找到了一个沙发椅。我也睡过去了，但是他的声音影响了我：

"这场战争的结果是不会好的！"

"结果不会好的……刚开始就阻止……结果不会好的……"

"睡着了吗？"

"我……没有……你说什么不会有好结果呢？"

"战争。"

这倒是挺新鲜！我又昏昏欲睡了。我十分不清醒，问道：

"……什么战争？"

"什么'什么战争'？"

这回谈话非常简短。啊！柏刺，倘若空军机组都有你这样的女管家就好了，整个33大队2中队就可以躺在床上睡觉了！指挥官猛地推开门，就像一阵风："已经决定了，立即转移。"

热勒站在指挥官的身后，他已经不在沉睡。他将"是，当然"放在了明天，作为令人困倦的苦差事，今晚，他仍然要去找连他自己都不清楚的预备队。

我们呢，我们站起来说：

"啊……好啊……"除此之外，我们能说……

　　我们不会说什么的。我们一定会转移。只有来恪耳戴等着黎明时起飞，以便完成任务。倘若能安全返回，他会直接前往新基地。

　　明天，我们依旧不说什么。明天，作为旁观者，我们将是失败者。失败者应该保持沉默，就像种子那样。